고요한 희열
산티아고
순례길

고요한 희열, 산티아고 순례길
별빛 들판에서 맛본 영혼의 자유

초 판 1쇄 2024년 09월 10일

지은이 김옥분
펴낸이 류종렬

펴낸곳 미다스북스
본부장 임종익
편집장 이다경, 김가영
디자인 임인영, 윤가희
책임진행 김요섭, 이예나, 안채원

등록 2001년 3월 21일 제2001-000040호
주소 서울시 마포구 양화로 133 서교타워 711호
전화 02) 322-7802~3
팩스 02) 6007-1845
블로그 http://blog.naver.com/midasbooks
전자주소 midasbooks@hanmail.net
페이스북 https://www.facebook.com/midasbooks425
인스타그램 https://www.instagram.com/midasbooks

ISBN 979-11-6910-781-5 03810

값 **19,000원**

미다스북스는 다음세대에게 필요한 지혜와 교양을 생각합니다.

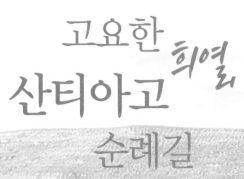

고요한 희열
산티아고
순례길

Santiago

별빛 들판에서 맛본 영혼의 자유

김옥분 지음

CASTILLA Y LEÓN

미다스북스

희열 길 위에서 찾은 생명의 기쁨

자유, '기쁨을 찾는 기쁨'의 일상

프롤로그

'산티아고' 입성의 날,

엄청난 바람을 동반한 폭우가 쏟아졌다. '아르수아'와 작별하고 기쁨의 언덕에 다다를 때까지도 폭풍우는 멈추지 않았다. 바람은 나의 몸을 날려 버릴 듯 광분했고, 빗줄기는 자비 없이 무섭게 쏟아졌다. 나는 온몸을 에워싸는 한기를 느끼며 한 발 한 발 앞으로 나아갔다. 아픈 발목의 통증조차 느끼지 못했다.

전율이 온몸을 타고 흘렀다. '더 이상 나를 보호하기 위해 몸을 웅크릴 필요가 있을까?'라는 생각이 들었다. 모든 것을 향해 몸을 활짝 펼쳐 바로 세우고 싶었다. 쏟아지는 사나운 것들을 온몸으로 한껏 안았다. 마음에 찌든 때와 영혼의 폐부까지 씻기는 듯했다.

눈을 감았다.

후련했다.

산티아고가 가까워지며 빗줄기와 바람이 잦아들기 시작했다. 시나브로 날씨가 맑아졌다. 산티아고 대성당이 있는 오브라도이로 광장에 발을 들여놓자 가슴이 벅차올랐다. 제니퍼가 뛰어오는 게 보일 때부터 흐르던 눈물은 그녀를 끌어안는 순간 오열로 바뀌었다. 눈물은 힘들고 고생스럽던 기억을 씻어냈다. 환희로웠다.

대성당 앞 곳곳에서 환성이 터지고, 축하 인사를 나누고, 너나없이 서로 축복하느라 분주했다. 나도 수없이 만나고 헤어졌던 사람들과 포옹하며 축하 인사를 건넸다. 모두가 주인공이었다. 산티아고 순례길이 생긴 이래, 하루도 빠짐없이 이곳에서 기뻐하던 순례자들은 야고보를 따라서 순례길의 역사를 써왔다. 오늘 역시 마찬가지이다. 광장에서 기쁨을 나누는 순례자가 축제 분위기에 젖은 이 순간을 역사로 썼다. 앞으로도 그럴 것이다. 지금처럼 계속 이 길의 역사는 끊이지 않고 써 내려질 것이다.

나는 오늘 최종 목적지인 성 야고보가 묻혀 있는 별빛 들판, '산티아고 데 콤포스텔라'에 도착했다. 프랑스 '생장'을 출발한 지 34일 만에 이루어진 마무리이다.

산티아고 대성당 앞 광장을 들어서며 흘렸던 눈물은 환희였다. 수없이 만나고 헤어졌던 얼굴들과 얼싸안고 나눈 축복도 진심이었다. 말로 표현할 수 없는 희열이 온몸을 짜릿하게 했다. 나이 먹은 젊은이로 살아가며 느끼는 희열은 그 무엇에도 견줄 수 없는 맛이다. 이 맛은 길 위에서 깨어 있는 자만이 알 수 있다. '길을 생명이라' 여김은 이런 까닭이다.

내가 늘 마음에 품고 있는 중국의 명언 중에 "老天不負苦心人"이라는 말이 있다. 노력하는 사람은 하늘도 저버리지 않는다. 즉 "하늘은 스스로 돕는 자를 돕는다."라는 말이다. 지금까지의 노력으로 현재의 삶이 만들어졌다는 믿음도, 정년퇴직 후, 길 위의 삶이 가능해졌다는 확신도 모두 이 명언을 품고 살았기에 가능했다. 앞으로의 삶도 길이 끊어지지 않는 한 거리낄 것이 없다. 산티아고 순례길의 걸음이 이 믿음에 확신을 주었다.

그런 만큼 나는 앞으로도 내 방식대로 살아갈 것이다. 은퇴한 안방마님이 아니라 길 위에서 많은 것을 느끼며, 기쁨을 찾는 기쁨으로 일상을 채우고 싶다. 이를 위해 새로운 나의 역할을 찾아 더 넓은 세상으로 눈을 돌릴 것이다. 안주하지 않고 언제나 앞으로 나아갈 것이다.

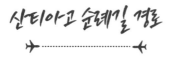

산티아고 순례길 경로

희열

길 위에서 찾은
생명의 기쁨

"내 비장의 무기는 아직 손안에 있다. 그것은 희망이다."

- 나폴레옹

오브라도이로 광장에서
무릎을 꿇다

✈ ···························· ✈

"서로 나눈 기쁨은 두 배나 더 기쁘고 서로 나눈 슬픔은 절반밖에 슬프지 않다."
- 스웨덴 속담

    산티아고 대성당 앞에는 광장이 있다. 오브라도이로 광장이다. 순례길 걷기를 마친 순례자들은 대성당을 앞에 두고 이 광장에서 가장 먼저 하는 의식이 있다. 스페인의 수호성인인 전사의 야고보에게 인사드리는 것이다.

고요한 희열, 산티아고 순례길

이슬람이 스페인을 지배하던 당시 글라비오 지역에서 전투가 벌어졌을 때의 일이다. 야고보가 하늘에서 백마를 타고 내려와 무어인을 물리쳤고, 이것을 기려 야고보는 스페인의 수호성인으로 지정되었다. 전사의 야고보가 순례의 야고보보다 우선시되는 까닭이 바로 이 때문이다.

오브라도이로 광장 가운데에 서면 산티아고의 상징인 가리비 문양이 음각돼 있다. 이 앞에서 순례자는 한쪽 무릎을 꿇고 가리비에 손바닥을 맞춘다. 이후 고개를 숙여 전사의 야고보에게 예를 갖춘다. 그러고 나서 순례의 야고보에게 인사를 드린다. 백마를 타고 칼을 높이 쳐든 전사의 야고보는 대성당 맞은편에, 지팡이를 짚은 순례의 야고보는 대성당 꼭대기에서 서로를 마주 보고 있다.

제니퍼가 젖은 솜처럼 무거운 내 배낭을 받아주며 인사드리는 위치까지 안내해 주었다. 발목이 아픈 내가 그 발목을 젖혀 무릎을 꿇을 수 있었음은 신의 은총이었을까! 경이롭기만 하다.

예를 갖춘 순례자는 대부분 산티아고 대성당의 정오 미사에 참석한다. 나 역시 서둘렀다. 그런데 이게 어찌 된 일인가. 대성당이 공사 중이라 본당 옆의 성당에서 순례자를 위한 미사를 진행한단다. 보통은 대성당에서 매일 12시 정각에 순례자를 위한 향로 미사가 진행된다. 향로 미사는 먼 길을 걸어온 순례자들의 땀 냄새를 없애고, 몸을 연기로 소독해 주기 위해 시작되었다. 향로를 20m 높이의 천장에 매달아 그네 밀듯이 밀어 성당 안을 움직이게 하는데 속도가 최대 65km에 이른단다. 향로의 높이는 1.5m이고 무게는 53kg이나 된다니 대단한 의식이다. 그러나 지금은 본당으로 들어가는 게 불가능하다. 아쉬운 마음으로 주변을 배회하다 부속 성당으로 들어갔다. 내부는 큰 규모에 비해 화려하지 않았지만 분위기는 엄숙했다. 먼저 도착한 순례자들이 자리의 대부분을 차지하고 있어 뒤편에서 빈자리를 찾아 앉았다.

알아듣지 못하는 신부님의 스페인어 미사에 더해 세계 각국의 언어가 뒤섞였다. 기다렸다는 듯이 뒷자리의 분위기가 소란스러움에 빠져들었다. 어수선했다. 살그머니 성당을 빠져나와 광장을 바라보았다. 내가 그랬던 것처럼 막 도착한 순례자들이 감개무량한 표정을 짓고 있었다. 서로 얼싸안고 기뻐하는 모습에 나도 모르게 미소가 지어졌다. 조금 전의 나도 저들과 같았으리라. 내 마음속에 머물며 함께 걸었던 규순 쌤(선생의 줄임말)의 환하게 웃는 얼굴이 기뻐하는 순례자와 겹쳐 보였다. 마음이 개운했다.

밤이 되자 멈췄던 비가 다시 추적거렸다. 산티아고의 특별한 밤을 기억하고자 우의를 덧입고 길을 나섰다. 언젠가 사진으로 본 산티아고 대성당 벽에 깃든 야고보를 만나기 위함이었다. 이리저리 기웃거리며 벽을 살피다 한 지점에서 눈이 멈췄다.

빗소리 가득한 성당의 한쪽 벽에 그림자로 머무는 성 야고보가 보였다. 그 모습은 무어라 설명하기 어려웠다. 어찌 벽의 돌기둥 그림자가 지팡이를 짚고 걷는 야고보로 보인단 말인가. 신비롭다. 그의 정신이 이 길 위의 모든 순례자에게 빛이기를 희망한다. 다리는 여전히 불편하고 아프지만 많은 시간 순례길 위에서 행복했다.

부엔 카미노![1]

1)   Buen Camino: 좋은 순례길 되세요

'프랑스길'을
걷기 위해서

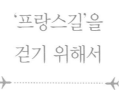

"길을 잃는다는 것은 곧 길을 알게 된다는 것이다."

- 동아프리카 속담

두려움과 기대가 공존한 길 떠남을 계획했다. 성 야고보의 무덤이 있는 스페인 산티아고 대성당까지 장장 800km를 걸으려 함이 그것이다. 이 길을 사람들은 프랑스길이라 부른다.

최종 목적지인 '산티아고 데 콤포스텔라'는 야고보의 스페인어 이름인 '산티아고'와 별들의 들판이라는 라틴어 'campus stellae'의 합성어이다.

거개의 사람들은 종교적인 목적으로 야고보의 혼이 깃든 이 길을 걷는다. 그러나 나는 천주교보다 불교가 더 몸에 익은 사람이다. 그럼에도 불구하고 늘 가슴에 품고 있던 바람이 있었다. 자신과의 싸움이라는 이 길 위에서 내 안의 나를 만나고 싶다는.

3년짜리 적금을 부었다. 시간은 정년퇴직 전에 주어지는 공로 연수 기간을 활용했다. 공로 연수 계획서에 '산티아고 순례길 걷기'를 꾹꾹 눌러쓰자 가슴이 떨렸다. 버킷리스트 하나를 실행할 수 있다는 부푼 기대감과 함께였다. 관련 도서를 찾아 읽기도, 정보의 바다를 탐색하기도 했다. 평범한 길이 아님을 알기에 사전 지식을 챙겼다.

예수의 열두 제자 중 한 명이었던 야고보는 이베리아반도 '갈리시아'에서 선교하고 '예루살렘'으로 돌아가 순교했다. 제자들이 야고보의 시신을 사공도 닻도 없는 배에 태워 바다로 내보냈고, 배는 선교지였던 이베리아반도

끝 '갈리시아' 해변까지 흘러갔다.

　순례자의 상징이 가리비가 된 것은 배의 외관과 시신에 가리비가 다닥다닥 붙어서 파도로부터 야고보를 보호했다는 설과, '산티아고' 근처의 바닷가에서 가리비를 기념품으로 주워오기 시작하면서 시작됐다는 설이 있다. 그러나 아무렴 어떠한가. 순례자 표식이 가리비여도, 다른 그 무엇이어도 내게는 문제없다. 그저 정해진 표식을 배낭에 매달고 묵묵히 걸어갈 것이다.

　야고보의 시신은 '리브레돈'의 산에 묻혀 관심에서 멀어졌고, 자연스레 무덤의 소재조차 알 수 없게 되었다. 그 후, 세월이 흘러 '갈리시아'의 벌판에 떨어진 성스러운 별빛을 따라가던 은둔 수도자 페라요가 들판에서 한 구의 유골을 발견했다. 그리고 초자연적인 힘으로 영주와 왕으로부터 성 야고보라는 사실을 확인받았다. 이 소문은 전 유럽으로 퍼졌다.

　순례길을 최초로 개척한 사람은 야고보의 무덤 위에 성당을 지은 알폰소 3세이고, 10세기 순례길은 알폰소 3세의 둘째 아들인 오르도뇨 2세가 만들었다. 1189년에는 교황 알렉산더 3세가 '산티아고'를 성지로 선포했다. '산티아고'의 축일(7월 25일)이 일요일이 되는 성스러운 해에 이곳까지 순례하는 사람은 죄를 모두 없애주겠다고 발표도 했다. 이 소문을 들은 수많은 사람들이 피레네 산맥을 넘어 '산티아고'로 향했다. 죄의 사함과 동시에 이베리아반도에 기독교를 전파한 성 야고보를 경배하기 위함이었다.

산티아고 대성당으로 향하는 프랑스길은 이러한 과정을 거쳐 완성되었다. 자연스레 길이 정비되고 마을이 형성되었으며 성당과 수도원이 생겨났다. 그러나 순례자가 점차 줄어들기 시작해 20세기 중반에는 소수의 순례자만 길 위에 섰다. 다시 늘어나게 된 계기는 1982년 교황 요한 바오로 2세의 '산티아고' 방문과 1993년 프랑스길이 세계문화유산으로 등재되면서부터였다.

나는 은둔 수도승 페라요가 별빛을 따라간 그 들판을 걸을 것이다. 그러나 복병이 있다. 한 달 이상 집을 비우는 주부의 고충은 가족들의 협조로 해결했으나, 노년을 향해 빠르게 달려가는 중년 여성의 체력적인 부담이 허리춤을 잡고 늘어졌다. 가장 큰 걱정은 다리였다. 굳은살처럼 자리를 잡아가는 발바닥의 크고 작은 티눈들과 가끔 문제를 일으킬 거라고 경고하는 무릎의 시큰거림은 난제 중의 난제였다.

무릎 강화를 위해 주말마다 배낭을 꾸려 산을 오르내렸다. 피부과에서 발바닥의 티눈을 모두 제거했고, 정형외과 의사는 한 달 치 소염 진통제를 비상용으로 처방해 주었다.

비상식량, 간식, 응급 약품 등 준비물을 챙기고 환전까지 마친 후, 배낭에는 태극기 엠블럼을 꿰매 붙였다. 한국인으로서의 자긍심을 잊지 않겠다는 각오의 표현이었다. 이제 떠나는 일만 남았다.

마음은 이미
하늘을 날고

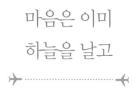

"어떤 일을 할 수 있고 해야 한다고 생각한다면 길이 열리게 마련이다."

- 에이브러햄 링컨

어슬렁거리는 삶이 가능할지에 대한 두근거림을 애써 누르며 뜬눈으로 밤을 지새운 새벽 4시, 집 밖으로 첫 발걸음을 내딛는 순간 꿈을 꾸는 것 같았다. 그러나 싸늘한 새벽 공기가 뺨을 자극하며 떠남이 현실임을 자각시켰다.

인천공항을 향해 가는 버스는 무한 질주 본능을 숨기지 않았다. 길 위에 맞수가 될 만한 차들이 거의 없다는 게 그 이유였다. 내닫는 내 마음만큼이나 빨랐다. 애써 잠을 청해도 잠들지 못하는 마음은 이미 하늘을 날고 있다.

주사위는 던져졌다. 이후의 모든 일은 온전히 내 몫이다. 이른 아침의 공항은 보이지 않는 분주함으로 팽팽한 긴장감이 흘렀다. 각자의 삶을 옮기기 위해 이동하는 사람들. 그 무리 속에는 프랑스 남부 국경 마을인 '생장'을 향해 가는 나도 끼어 있다. 그들과 일행인 것처럼 수속을 밟고 비행기 트랩을 올랐다. 꿈이 현실이 되는 순간이었다.

어느덧 나이가 계란 두 판을 넘었다. 한 판이 찰 때까지는 부모님의 보호막 안에서 살다가 두 판을 채우기 시작하며 그 보호막에서 나왔다. 결혼이라는 새로운 환경에 적응하는 과제가 기다리고 있었다. '치열하게'라는 말이 어울릴 만큼 정신없이 살았다. 어느덧 내 나이는 세 번째 계란판 속에 들어가 자리를 잡고 있었다. 정신이 퍼뜩 들었다.

한 번도 시도해 보지 못했던 40일간의 긴 여행. 직장인, 며느리, 아내 그리고 세 아이의 엄마인 나는 정년퇴직을 앞두고 인생 2막의 준비를 산티아고 순례길에서 하고자 했다. 이 길이야말로 오랫동안 마음속에 품고 있던 동경의 길 아니던가! 길 위에서 어제의 나를 돌아보고 현실을 직시하며 내일을 설계하고 싶었다. 혼자가 되어 생각의 늪에 빠져보고 싶기도 했고, 내 안의 나를 만나 이런저런 이야기를 나누고 싶다는 바람도 있었다.

은퇴 후의 삶은 그림이 그려지지 않았다. 평생을 종종거리며 살던 내가 시간의 쫓김을 받지 않게 된다면 쉽게 적응할 수 있을까? 그 시간이 어떤 삶일지 상상되지 않았다. 두려움과 기대가 공존했다. 내가 지향하는 느리게 사는 삶이 가능할지 정리가 필요했다.

산티아고 순례길은 프랑스길, 포르투갈길, 은의 길, 북쪽 길 등 여러 루트가 있다. 이 중에서 나는 프랑스길을 걸을 것이다. 이 길은 순례길 중에서 가장 많은 사람이 걷는 길이다.

9시 5분에 이륙한 비행기는 열두 시간여를 날아 프랑스 샤를 드골 국제공항에 도착했다. 대부분의 순례자는 공항에 내리면 버스나 지하철을 이용해 몽파르나스 역으로 이동한다. 그 후, TGV를 이용해 '바욘'까지 가고, 다시 버스나 TER로 갈아타고 '생장'까지 간다. 대략 다섯 시간 이상 걸리는 이 움직임은 시간과의 싸움이다. 혹여 다음 차편과 연결이 순조롭지 않으면 시간을 거저 흘리게 된다. 나는 단순하게 움직였다. 드골 공항에서 국내선으로 환승해 '비아리츠'까지 1시간 25분을 이동한 후 버스로 '생장'까지 가는 것이다. 그런데 아뿔싸! 환승 시간이 많이 남아 공항에서 발이 묶여버렸다. 파리에서 꽤 떨어진 도시 외곽의 공항은 할 것도, 갈 곳도 없다. 기차를 기다리며 시간 싸움을 벌이는 사람처럼 공항에서 지루한 시간을 보냈다. '생장'에 도착했을 때는 하루가 저물고 있었다. 숙소로 가는 길에 만난 문 닫힌 약국에 유독 눈길이 갔다. 우리나라라면 아직 영업을 마치기엔 이른 시간이기 때문이다. 삶의 질을 중요시 여기는 것 같아 이곳의 생활문화가 궁금해졌다.

 '생장'은 프랑스길의 시작점이다. 스페인 동북쪽에서 육로로 진입하는 관문 국경선이 모두 프랑스에 접해 있기에 프랑스길이라 명명했다는 것을 어디선가 읽은 기억이 났다. 묘한 설렘으로 가슴이 두근거린다. 길 떠남이 갖고 올 긍정의 나비 효과를 기대한다.

아름다운 마을,
'생장'

✈ .... ✈

"문을 나서면 여행의 가장 어려운 관문을 지난 셈이다."

- 네덜란드 속담

'생장'은 인구 1,500여 명의 작고 깨끗한 소읍이다. 2016년에는 프랑스에서 가장 아름다운 마을로 선정되었을 만큼 도시의 분위기가 고요하고 평화롭다. 하지만 관점을 달리하면 생동적이지 않다는 의미가 될 수도 있다. 여행자나 순례자들의 방문이 없다면 경제 활동에 타격이 있을 것 같다는 생각을 하며 조용한 도시를 거닐었다.

 정갈한 벽돌이 박힌 골목길을 올라갔다. 뤼 드 라 시타델(Rue de la Citadelle) 거리에 위치한 순례자 사무소를 찾아가는 길이다. 카미노 화살표가 길에 박혀 있다. 가리비나 노란 화살표가 아닌 카미노 표식들도 눈에 띈다. 한국에서 건너간 키 작은 순례자에게는 길의 친절이 인상적이다.

 순례자 사무소에서 근무하는 사람은 모두 자원봉사자이다. 이미 순례길을 걸었던 사람이 순례를 떠나는 이들의 서류 수속을 도와주고 순례길에 대한 다양한 정보를 제공한다. 2유로의 비용을 지불하고 '크레덴시알'을 발급받았다. 크레덴시알은 순례자 여권이다. 이것이 있어야만 저렴한 순례자 숙소인 '알베르게'에 머물 수 있고, 레스토랑에서 부담 없는 가격으로 순례자 메뉴를 제공 받을 수 있다.

 '세요'는 순례 여정을 알 수 있는 확인 도장으로 크레덴시알의 정해진 칸에 찍는다. 각 도시를 지날 때마다 알베르게는 물론이고 바(Bar), 레스토랑, 관공서 등 다양한 곳에서 받을 수 있다. 경유하는 도시마다 두 개 이상의 세요를 받아야 한다. 이런 과정을 거치며 걷다가 목적지인 '산티아고'에서 마지막 세요를 받는 것으로 크레덴시알의 역할은 끝난다. 이렇게 세요로 채워진 크레덴시알을 산티아고 대성당 인근의 순례자 사무소에 제시하면 순례 증명서를 발급해 준다.

다른 순례자들과 함께 줄을 서서 기부함에 약간의 기부금을 넣었다. 그리고 순례의 상징이자 표식인 가리비 껍데기를 받아 배낭에 매달았다. 순례자 사무소의 자원봉사자는 친절했다. 모든 수속을 끝내고 그들과 기념사진까지 찍은 후 마을을 어슬렁거렸다. 동양인으로 보이는 젊은이와 반려견이 눈에 들어왔다.

"혹시 한국인이세요?"

배낭을 짊어진 반려견의 모습에 미소가 지어져 묻지 않을 수 없었다. 독일에서 자신의 반려견과 함께 순례길을 걸으러 왔다는 재독 한국인 젊은이였다. 낯선 나라의 소도시에서 같은 언어를 사용하는 젊은이를 만나니 여간 반갑지 않았다. 응원의 의미로 활짝 웃으며 엄지를 올려 보인 후 다시 걸음을 옮겼다.

니베 강가에는 14세기 고딕 양식의 노트르담 성당이 있다. 언덕에 올라 성당을 바라보며 같은 이름을 지닌 '파리'에 있는 노트르담 성당을 생각했다. 800여 년의 역사를 가진 대 건축물이 2019년 4월에 한순간의 화재로 첨탑과 지붕이 큰 피해를 보았다. 화재가 나고 세 달 후, 나는 센강을 유영하는 유람선을 탔었다. 그때 불에 탄 첨탑과 지붕을 바라보며 안타까움으로 한숨을 토해내던 기억이 떠올랐다.

달팽이가 기어가듯 느린 걸음으로 윈도쇼핑을 하고, 숙소 부근 작은 마트에서 피레네 산맥을 넘을 때 먹을 간식으로 사과를 몇 알 샀다. 지금은 우리나라에서 볼 수 없지만 내가 어린 시절에 먹던 홍옥처럼 붉은 사과였다. 크기도 딱 고만했다. 홍옥의 사과 향이 입안에 퍼지고 새콤달콤함이 그득하니 침으로 고였다. 이국의 사과 한 알로 어린 시절 추억 한 자락이 떠오르는 순간이었다.

불현듯 이 도시가 궁금해졌다. 작고 조용한 '생장'은 어떤 도시일까? 가끔 순례자 사무소로 향하는 예비 순례자만 없다면 도시의 정적이 영영 깨어날 것 같지 않다. 고요한 오후의 평화가 나무늘보처럼 길게 늘어져 있다.

두 마음이 한 몸이 되어

걷기 1일 차 '생장~론세스바예스' 26km

"친구란 내 슬픔을 등에 지고 가는 사람이다."

- 인디언 격언

"그녀는 지금 '생장'에서 피레네 산맥을 넘는 중이라고 소식을 보내왔다. 그 길은 우리가 함께 걷기로 예정된 길이었다. 그러나 가족의 만류로 포기한 산티아고 순례길. 장시간 비행기를 타고 가서 걷는 길이 안압을 올릴 수 있기에, 그래서 함께 간 이에게 걱정을 끼칠 수도 있기에, 산티아고 순례길은 나의 버킷리스트에서 지울 수밖에 없었다. 어떻게 고친 눈인데……. 그 한 마디로 나를 위로하며 그녀의 긴 순례 여정에 신의 축복이 함께하길 기도한다. 부엔 카미노!"

내가 '산티아고'를 향해 피레네 산맥을 넘을 때, 동화 작가 최규순 선생이 보낸 메시지이다. 일기에 이 글을 쓰며 내 여정을 축복했다는 메모가 함께 왔다. 세상살이가 계획대로 되는 거라면 우리는 함께 출발했을 것이다. 그런데 어디 세상일이 뜻대로 되던가. 건강상 핸디캡이 생긴 선생은 부득이 계획을 철회할 수밖에 없었고, 나는 지금 혼자 걷고 있다. 아쉽고 안타까웠지만 순응의 삶 또한 귀한 것이다. 대신 두 마음이 한 몸이 되어 걸어야겠다고 마음먹었다.

아침 7시에 시타델 거리를 벗어났다. 피레네 산맥 레푀데르 언덕을 넘어 풍요의 땅 나바라주로 들어서기 위함이다. 에스파냐 문을 빠져나가는 것으로 순례는 시작되었다. 이 길을 걸었던 순례자 거개가 말하길, 피레네 산맥을 넘을 때가 전 구간 중 가장 힘들었다던데 날씨가 심상치 않았다. 굵은

빗줄기에 긴장했다.

　'이번 여정에서 나의 보호자는 나다. 어떤 상황에서도 스스로 결정하고, 해결하고, 판단해야 한다.' 혼잣말을 되뇌며 마음을 단단히 다잡았다.

　피레네 산맥은 북쪽의 프랑스와 남쪽의 스페인을 가르는 천연의 국경이다. 나는 나폴레옹이 넘나들던 이곳을 나폴레옹 군대의 일원이라도 된 것처럼 전투적으로 넘었다. 가장 먼저 도전장을 내민 것은 비와 함께 몰아치는 엄청난 바람이었다. 눈을 뜨기도, 걸음을 내딛기도 어려웠다. 아우성치는 모자를 한 손으로 붙잡으며 다른 손으로는 재빨리 모자 끈을 조이고 옷매무새를 다잡았다. 그런데 어찌 된 일인가. 예고도 없이 우박이 동반된 빗줄기가 사정없이 머리 위로 쏟아졌다. 온몸이 덜덜 떨렸다. 추웠다. 추워도 너무 추웠다.

　비, 바람, 우박, 싸락눈, 해님으로 이어지는 변화무쌍한 날씨에 몸도 마음도 지쳐 갔다. 거센 바람에 몸이 휘청거려 중심 잡기 바쁜 나를 상대로 해님은 들락날락, 빗줄기는 오락가락하며 희롱했다. 이솝우화 『바람과 해님』 속의 젊은이처럼 우의를 입었다 벗었다 하느라 경황이 없었다. 그런데 어디선가 나를 부르는 소리가 들리는 듯했다.

목동들의 수호신인 피레네 산맥의 '비아코리 성모상'이 눈에 들어왔다. 가파른 경사의 벤타르테아 언덕. 거센 바람과 급변하는 기후로 항상 안개에 뒤덮여 있다는 이곳은 양들의 방목지이다. 양치기와 양들의 이미지로는 상상할 수 없을 만큼 거친 날씨의 변화는 이곳의 복병이다. 그래서 성모님께서 머물며 피레네 산맥의 양치기를 보살펴 주신단다. 천주교 신자는 아니지만 바람에 펄럭이는 옷깃을 여미고 경건하게 두 손을 모았다. 길 위의 순례자로서 피레네 산맥을 무사히 넘을 수 있도록 성모님의 가호를 갈구한다는 의미가 담긴 나만의 의식이었다.

유럽이 연합된 후 가장 큰 변화는 국경의 의미가 흐려졌다는 것이다. 프랑스와 스페인의 국경도 산길 중턱의 나바라 선돌이 가르고 있다. 단 한걸음으로 나라가 바뀌지만 피레네 산맥으로 인해 스페인은 유럽의 다른 나라와 문화가 다르다. 수백 년에 걸친 이슬람 지배가 유럽 속에서 다른 문화를 꽃피웠기 때문이다.

국경선도 군사도 없는 산길에서 발걸음 하나로 국경을 넘고, 롤랑의 샘에서 차가운 물 한 모금을 마셨다. 온몸의 세포들이 긴장했다. 이 샘은 롤랑의 군대가 피레네 산맥에서 마셨던 물에 붙인 이름이다.

롤랑은 중세 유럽 최대 서사시 「롤랑의 노래」에 등장하는 비극적인 영웅으로 샤를마뉴 대제 휘하의 기사였다. 롤랑의 군대는 '론세스바예스'의 협곡에서 전투에 패했고, 적군과 뒤엉켜 있는 자신의 군대를 찾기 위한 샤를마뉴 대제의 기도는 기적을 일으켰다. 롤랑의 병사 입에서만 장미꽃이 피어났으니 말이다. 샤를마뉴 대제가 시신을 찾아 무덤을 만들었다는 이곳은 장미의 계곡(Rosis Valle)으로 '론세스바예스(Roncesvalles)'가 되었다. 롤랑의 노래는 바로 이 전투를 예찬한 서사시이다.

레푀데르 언덕을 내려와 스페인의 첫 마을 '론세스바예스'에 다다랐다. 보이는 것은 아무것도 없다. 주위는 적막감과 썰렁함뿐이다. 너도밤나무

숲속을 얼마나 걸었을까, 회색빛의 큰 건물이 눈에 들어왔다. 수도원에서 운영하는 오늘 머물 알베르게였다.

피레네 산맥을 잘 넘은 것에 안도했다.

안개가 내 몸을 둘러싼 '수비리'로 가는 길

걷기 2일 차 '론세스바예스~수비리' 23km 누적 거리 49km

"계단을 밟아야 계단 위에 올라설 수 있다."

- 터키 속담

어디에도 구속되지 않은 발걸음으로 7시 30분에 알베르게를 나섰다. 스페인은 시간을 한 시간 앞당겨 서머타임을 시행하는 나라이다. 내 젊은 시절에 우리나라도 서머타임을 시행했었다. 하루를 더 알차게 쓸 수 있어 선호하는 사람이 많던 정책이었다. 그러나 우리나라의 서머타임은 어느새 사라졌고, 나는 환원된 시간 속에서 살다가 스페인으로 건너와 이곳에서 서머타임을 다시 맞이했다. 하지만 새롭게 만난 서머타임은 잠을 한 시간 뺏어간 듯 생경스럽다.

어둠이 채 가시지 않은 아침을 헤드 랜턴으로 깨우며 노란 화살표가 제시하는 방향을 따라 걸었다. 노란 화살표는 파란 가리비 그림과 함께 카미노의 공식 표식이다. 어디로 가야 할지를 명확하게 제시하는 등대 역할을 한다. 길은 좋다. 어제 걸은 길을 생각하면 이 길은 고속도로나 다름이 없다. 그러나 자만은 금물이다. 한 달 이상 걷는 긴 여정이라 발의 컨디션을 세심하게 살피며 걸어야 한다.

'수비리'로 가는 길은 비교적 평탄해 걷기에 손색이 없었다. 전형적인 가을 날씨가 이어져 마음까지 온화했다. 하루 만에 바뀐 자연환경으로 어제의 꿀꿀함은 어디서도 찾을 수 없었다. 어둠이 떠나고 안개가 걷히자 몽환적인 풍경이 펼쳐졌다. 산 할아버지가 구름 모자를 썼다는 김창완 님의 노래 가사처럼 구름에 둘러싸인 풍경이 마음을 평온하게 했다. 발걸음이 자꾸만 지체되었다. 만나는 마을도 예쁘기 그지없다. 오래되어 고풍스러운 집들은 세월의 흔적과 함께 곱게 나이를 먹었고, 늘어선 꽃들은 순례자를 환영하는 듯 활짝 피었다. 성당의 종소리는 또 어떠했던가. 울림 깊은 소리가 끝없이 퍼지니 천상의 소리인가 싶었다.

불현듯 현실로 돌아온다. 멍 때리며 걸었다는 걸 알게 되는 이런 순간은 고마운 힐링이다. 무념무상은 상처받은 마음을 치유하는 힘이 있다. 그동안 숱하게 오르내리며 걸었던 산과 들판이 그러했다. 쌓인 스트레스로 무거운 발걸음을 옮기다 보면 나도 모르게 생각이 없어지는 상태가 지속되었다. 퍼뜩 정신이 들 때마다 따사로운 햇살과 보드라운 바람결이, 때로는 나뭇잎의 바스락거림이 나를 어루만지고 있음을 알아차렸다. 보이지 않는 엄마의 손길 같았다. 지금이 바로 그때와 같다. 발걸음이 가볍다. 마지못해 걷는 걸음이 아닌 내 안의 나와 교감하며 걷는 걸음이라 달콤했다. 처음 만난 사람들과의 소통도 즐거웠다. 이들에게서 삶의 다양성이 보였다. 그 속에는 차마 드러내지 못했으나 상처로 아파하던 지난날의 나의 삶도 있었다.

아르가강을 가로지르는 라 라비아(La Rabia) 다리를 건너는데 발가락의 느낌이 이상했다. 아픈 듯이 아리더니 거슬리는 게 아닌가. 길가에 앉아 양말을 벗고 살폈다. 끝까지 잘 걸으려면 발에 찬 습기와 열이 빠지도록 가끔은 맨발을 노출시켜야 한다. 발 관리를 어떻게 하느냐에 따라 완주의 성공

여부가 판가름 나니 말이다. 그런데 새끼발가락이 성이 났는지 말갛게 빨개져 있다. 두 켤레나 신은 양말 속에서 성날 정도라면 강도가 센 스트레스를 받은 것이다. 이렇게 빨리 문제가 생기는 건 내 계획에 없던 일이다. 중요한 시험을 치르다가 예상 문제에 없던 것이 출제돼 당황하는 기분이 이럴까. 알베르게에 도착하기 바쁘게 통증 오일로 발가락을 마사지했다. 이 오일은 검지 쌤의 선물이다. 내가 산티아고로 떠난다는 소식을 들은 그녀는 충남 공주에서 한걸음에 달려왔다. 그 마음을 알기에 꼼꼼하게 다리를 살피고 주문을 걸었다. 끝까지 잘할 수 있을 거라고.

비가 내린다. 비 뿌리는 잿빛 도시의 운치는 멋스럽기 그지없는데 내 기분은 을씨년스럽기 짝이 없다. 걷기 위해 온 길 위에서 발에 문제가 생길까 봐 걱정스럽다. 출발에 앞서 전지훈련 삼아 국내의 산과 들판을 걸었던 그 피로 때문인지, 길들였다는 생각으로 별 고민 없이 신고 온 새 등산화 때문인지 알 수가 없다. 냉랭한 알베르게에서 심란함을 감추려고 일찌감치 침낭 속으로 들어갔다. 비는 더 사나워졌다. 인정사정없이 창문을 때리는 빗줄기를 원망의 눈으로 바라보다 마음속으로 나에게 말했다.

'행복과 고통이 함께한 날이었지만 그래도 자유롭던 오늘이 고마웠어.'

기회를 찾지 말고 기회를 만들라

걷기 3일 차 '수비리~팜플로나' 20.5km 누적 거리 69.5km

"여행이란 우리가 사는 장소를 바꾸어 주는 것이 아니라
우리 생각과 편견을 바꾸어 주는 것이다."

- 아나톨 프랑스

헤밍웨이는 "기회를 찾지 말고 기회를 만들라."고 했다. 이는 준비된 사람에게 기회가 온다는 말이 아닌가. 그렇다. 기회는 기다리는 자의 것이 아니라 노력하는 자의 것임을 기억해야 한다. 마침 오늘의 목적지가 헤밍웨이의 흔적이 남아 있는 나바라주의 주도 '팜플로나'이다.

이른 아침, 다른 순례자에게 방해되지 않도록 살그머니 알베르게를 빠져나왔다. 헤드 랜턴이 없다면 길 찾기 어려울 만큼 깜깜해 조심스레 발걸음을 옮겼다. 그런데 걸음이 불편했다. 피레네 산맥을 넘을 때 성난 새끼발가락 때문인지 발바닥도 아팠다. 엎친 데 덮친 격으로 길의 상태까지 좋지 않다. 너덜길을 걷는 게 여간 고역이 아니다. 발가락에 신경이 집중돼 편하게 걷지도 못하겠다. 그러나 주변 경관은 아름다웠다. 목가적인 풍경에 취해 느리게 걷다가 우쿨렐레를 끼고 앉아 쉬는 순례자를 만났다. "넘어진 김에 쉬어간다."라고 일본에서 왔다는 웃음 많은 청년에게 주저 없이 연주를 부탁했다. 자연을 배경으로 바람을 벗 삼아 연주하는 음악은 계산이 필요 없었다. 마음속에서 햇살 같은 무언가가 쨍하고 울렸다. 이런 소소한 기쁨으로 걷다 보면 최종 목적지에 닿으리라.

걷던 중에 나바라주에서 가장 오래된 종이 있다는 13세기에 세워진 성당에 대해 들었다. 이미 지나온 길이었지만 주저 없이 되돌아 그 성당으로 향했다. 그러나 한참을 걸어 도착한 '자발디카'의 성당은 문이 잠겨 열리지 않았다. 나를 본 누군가가 안에서 열어주지 않을까 싶어 여기저기 기웃거렸지만 인기척이 없었다. 아쉬워서 고개를 빼 들고 한참 종루를 바라보다 마음을 접었다. 아쉬움이 남는 발걸음이었다.

'팜플로나'는 지금까지 거쳐 온 마을들과 비교되지 않을 만큼 큰 도시였다. 번화가에는 버거킹이 보였고 한국 라면을 살 수 있는 상점도 있었다. 그렇지만 나는 약국부터 찾아갔다. 약사는 벌겋게 성이 난 내 발가락을 보더니 발톱이 빠질 거라고 했다. 발가락 보호를 위해 우리나라의 바느질용 골무와 비슷하게 생긴 의료용품을 구입했다. 성이 난 새끼발가락에 끼우면 걷기가 수월할 거라고 약사도 추천했다.

이곳에서는 매년 7월 6일 정오부터 14일 자정까지 '소몰이 축제(Fiesta de San Fermin)'가 열린다. 복음을 전파하기 위해 프랑스에 갔다가 참수된 기독교의 성인 '성 페르민'을 기리기 위함이다. 이 축제가 세계적으로 유명해진 요인으로 나는 소몰이의 흥행과 더불어, 헤밍웨이의 『해는 다시 떠오른다』와 파울로 코엘료의 『연금술사』를 꼽는다.

『태양은 다시 떠오른다』는 헤밍웨이의 1926년 작품이다. 작가는 1923년부터 여러 차례 소몰이 축제에 직접 참가했다. 그리고 그 경험을 바탕으로 열기 가득한 분위기와 소몰이의 역동적인 모습을 책 속에 자세히 묘사했다. 이로 인해 책을 읽은 독자들이 '팜플로나'를 방문하고 축제에 직접 참가해 봄으로써 흥겨움이 입에서 입으로 전해졌을 것이다.

파울로 코엘료의 『순례자』 역시 마찬가지이다. 영적 탐색과 더불어 자신의 내면세계를 들여다보며 저자는 산티아고 순례길을 직접 걸었다. 그 후 경이로운 체험을 바탕으로 쓴 『순례자』를 발표했다. 세계적인 밀리언셀러의 탄생이었다. 그러니 어찌 사람들이 이 길에 주목하지 않겠는가.

팜플로나 시청 발코니에서 팡파르가 울리면, 전통 의상을 입은 소몰이꾼이 황소의 뿔과 최대한 가까운 거리에서 소를 유인하는 것으로 축제는 시작된다. 투우장까지 광란의 질주를 하는 것이다. 이러한 행동은 위험 부담이 크지만 이들은 가까이서 달릴 수 있음을 명예스럽게 여긴단다. 뜨거운 태양과 열광하는 구경꾼들로 절정에 이른 축제의 열기는 문학 작품 속에서도 짐작할 수 있다.

도시에는 헤밍웨이의 흔적이 남아 있다. 그가 자주 찾았다는 유서 깊은 바(Bar) '이루냐'가 그곳이다. 나는 이루냐에 앉아 그와 동시대 사람인 것처럼 여유롭게 에스프레소를 마셨다. 1888년에 생긴 이 바는 헤밍웨이의 동상은 물론이고, 2층에는 그가 늘 앉았던 자리를 그대로 보존해 놓고 위대한 소설가를 추억하게 한다. 어쩌면 소설 속 주인공과 그의 친구들이 책 속의 '팜플로나'에 머무를 때, 그때도 헤밍웨이는 이곳 2층의 편안한 의자에 앉아 광장을 내려다보면서 커피를 마셨을지 모를 일이다.

'팜플로나'를 방문한 기념으로 길 위에서 만난 사람들과 소몰이 동상을 보러 갔다. 비에 젖은 동상은 역동적이고 거대했다. 황소와 함께 참여자들의 보이지 않는 질주와 들리지 않는 함성이 보이고 들리는 듯했다. 그 기분에 취해 카스티요 광장 인근의 하몽 맛집을 찾아갔다. 이베리코 하몽을 안주 삼아 마시는 맥주가 입에 감기는 순간, 발가락의 통증이 잊혔다. 행복했다. 사람과의 수다는 힐링이었고, 바게트 위에 올려 먹는 하몽은 신세계였다. 집으로 돌아가면 분명 이 순간이 그리울 것이다.

용서의 언덕을 오르면
모든 게 용서될까?

✈ ·········· ✈

"사막을 횡단하려면 작은 걸음들이 수백만 번 필요하다."

- 라인홀트 메스너

길 위에서 찾은 생명의 기쁨

'묵주기도 영광의 신비를 묵상하며 발가락 상처가 씻은 듯 낫기를 기도합니다.'

'오늘도 기적처럼 잘 걷길 바랍니다. 환희의 신비를 묵상하며 기도드립니다.'

'오늘도 기록을 만드셨네요. 인생의 기록이요.'

국내에서 응원이 이어졌다. 묵주기도 영광의 신비 외에도 파스를 발바닥에 붙이고 걸으면 발이 덜 아프다고 조언한 이웃 등 여러 지인의 염려를 마음속에 품었다. 출발 준비를 마친 내 꼴은 가관이다. 새끼발가락엔 실리콘 재질의 보호용 골무를 끼웠고, 발바닥엔 파스를 붙였으며, 발목에는 테이핑까지 한, 마치 전쟁터를 향하는 군인처럼 다리를 중무장했으니 말이다.

오늘 걷는 길의 하이라이트는 '알토 델 페르돈(Alto del Perdon)'이다. 중세의 순례자들은 이 고개를 넘기 위해 몸을 깨끗하고 단정하게 가다듬었다는데, 나는 날씨가 계속 변덕을 부려 꾀죄죄하고 후줄근한 모습이다. 이곳은 우리에게 용서의 언덕으로 많이 알려져 있다. 사진으로 여러 번 보았기에 가본 듯이 익숙한 풍경이 이미 머릿속에 저장되어 있다.

비는 오늘도 오락가락해 연신 우의를 입었다 벗었다 반복하지만 다행히 보호대를 한 발가락이 힘을 받아 걷기가 수월했다. 발은 도보 여행자에게 최대의 무기이자 도구이다. 그런 만큼 발과 다리의 컨디션 유지는 아무리 강조해도 지나침이 없다. 땅바닥에 주저앉아 쉴 때도 주저하지 않고 신발과 양말을 모두 벗고 발을 말려줌은 이런 까닭이다. 의식을 치르는 듯한 이 행동은 다리를 쉬게 하는 동시에 발가락 물집을 예방해 준다. 성치 않은 다리에 발가락 물집까지 생긴다는 건 있을 수 없는 일이다. 하지만 이런 노력에도 불구하고 나는 다른 이들만큼의 속도를 낼 수 없어 계속 추월을 당했다. 마음속으로는 연신 '멈추지 말고 꾸준히'를 외쳤지만 걱정까지 날리지는 못했다.

일본 청년을 다시 만났다. 조금 전에 나를 추월한 젊은이였다. 같은 길을 걷는다는 동질감으로 반가워하다가 기념사진 한 장을 남기고 다시 헤어졌다. 어차피 순례자는 길 위에서 만나고 헤어짐이 일상이다. 아마 이 젊은이와도 계속 그럴 것이다. 인간은 사회적 동물인 동시에 관계의 동물이다. 늘 누군가와 연관 지어진 삶의 시간이 흐른다. 어디에서, 누구와, 그런 건 그리 중요하지 않다. 시절 인연이면 언젠가 다시 만나니 말이다.

언덕을 오르기 시작하자 안개가 짙어졌다. 한 치 앞도 분간하기 어려워 발걸음 내딛기가 조심스러웠다. 산줄기를 따라 늘어선 풍력 발전기의 프로펠러 소리는 왜 또 이리 엄청나단 말인가. 귀가 먹먹해 정신이 하나도 없었다. 점점 심해지는 안개에 주위를 살피기 위해 구부렸던 고개를 들었다. 순간 내가 알토 델 페르돈 고갯마루에 서 있음을 알아차렸다.

용서와 화해를, 평화와 안식을 생각했다. 내가 누구를 용서할 수 있을까? 그리고 누군가로부터 용서를 구할 수 있을까? 혼돈의 카오스가 얼키설키했다. 용서라는 단어에 몸과 마음이 묶여 사고가 정지된 듯 생각이 멈추더니 다시 수많은 생각이 꼬리에 꼬리를 물고 나타났다. 눈물이 날 것 같아 연신 눈을 깜빡거렸다.

790m까지 오른 후, 발 아픈 나에게 셀프 칭찬을 하고 주위를 둘러보았다. 조형물의 희미한 형상 외에는 보이는 게 없어 탄식을 내뱉었을 뿐인데 마법이 풀리기 시작했다. 세찬 바람이 불어와 안개를 걷어내고 순례자 형상의 철제 조형물과 이정표 하나를 눈앞에 데려다주었다. 열두 명의 순례자, 두 마리의 말, 두 마리의 당나귀 그리고 한 마리의 개가 서로 의지하며 걷고 있는 조형물. 녹이 슬어 낡은 이 조형물은 지친 내 모습과 흡사했다.

철로 만든 순례자 행렬 속에 내가 서 있음을 느꼈다. 내 안의 나를 꺼내 이들의 일행으로 놓아둠은 나도 이들처럼 꿋꿋하게 서 있고 싶다는 바람의 실현이었다.

다시 바람이 몰고 온 안개가 시야를 가렸다. 짧은 시간이지만 조형물을 제대로 볼 수 있었음에 안도했다. 세월의 흐름으로 더 낡아질 조형물의 일행으로 보이지 않는 나를 남겨두고 발걸음을 옮겼다. 앞으로 나는 안개와 비바람과 거센 눈보라를 이겨내는 조형물처럼 올곧게 서 있을 것이다.

나는 누구인가! 어떤 노력으로 여기까지 왔는가! 기원의 돌무더기에 조그

마한 자갈 하나를 올려놓고 다시 내려가기 위해 너덜길로 발걸음을 옮겼다.

불자에게 그리스도의 은총이?

걷기 4일 차 '팜플로나~푸엔테 라 레이나' 25km 누적 거리 94.5km

"이 길은 그대만의 길이요, 그대 혼자 가야 할 길임을 명심하라."

- 인디언 속담

고요한 희열, 산티아고 순례길

전설의 성모상을 만난 것은 용서의 언덕을 내려와 '푸엔테 라 레이나'에 접어들기 직전이었다. 온통 밭으로 이루어진 황량한 길가였다. 성모상이 덩그러니 홀로 있는 게 아닌가. 좀 뜬금없다는 생각이 들었다.

오래전에 일본인 순례자가 걸을 수 없는 지경의 발로 성모상 앞에 서서 기도를 드렸단다. 계속 걷고 싶다는 간절함이 담긴 기도였다. 그 후 기적처럼 발이 나아 순례를 마칠 수 있었고, 다시 이곳으로 돌아와 감사의 마음을 담아 성모상을 새것으로 교체했다고 한다. 지금 내가 바라보는 이 성모상이 바로 그것이다.

성모상 아래에 빛바랜 봉헌물과 빈 생수병 등이 어지러이 널려 있어 안타까웠다. 순례자들이 봉헌물을 놓을 줄만 알았지 누구도 관리에 신경 쓰지 않은 결과였다. 내가 찍어 올린 사진을 본 선배가 문자를 보내왔다.

"근데 성모상 아래는 쓰레기인 거야? 아니면 봉헌물인 거야?"

종교는 보이지 않는 힘으로 인간의 내적 성장에 영향을 끼친다. 약해지는 마음에 정신력이 투입되면 기적으로 발현되기도 한다. 성모상이 보여준 신비로운 현상이 그러하다. 무한한 희망을 갖게 하는 손길은 종교의 힘이다.

'우테르가' 마을 끝의 카미노 델 페르돈에서 점심을 먹었다. 이곳은 알베르게도 겸하는 레스토랑이다. 순례자들 사이에 맛집으로 알려졌다기에 참새가 방앗간을 그냥 지나치지 못하듯이 들어갔다. 여왕의 다리 인접 지역에서 나오는 소고기로 요리한 플라토 제니는 스테이크 맛집 요리답게 맛났고 양도 충분했다. 그러나 이 맛을 극대화시킨 공로는 단연 맥주에 있다. 지친 상태에서 마시는 한 잔의 맥주는 기쁨이다. 계속 느끼지만 유럽의 맥주는 내 입맛에 안성맞춤하다. 향도, 깊이도 나의 취향과 맞아떨어져 계속 마시고 싶어진다.

오늘의 목적지는 '푸엔테 라 레이나'이다. 아르가강에 놓인 '여왕의 다리 (Puente la Reina)'가 그대로 마을의 이름인 곳이다. 11세기에 만들어졌다는 다리는 강물로 먼 길을 돌아야 하는 순례자의 시간과 발품을 덜어준다. 순례자를 생각하는 여왕의 명으로 만들었기 때문일까, 다리와 마을 이름이 같아 더 친근하게 느껴졌다. 다리는 교각과 상판의 디자인도 멋지지만 동심원이 아름답기로 유명하다. 여섯 개의 아치가 다리를 받치고 있는 것으로 보이지만 실제는 일곱 개의 아치란다. 아치 하나는 땅속에 묻혀 있다고 한다.

마을 입구에 들어서며 만난 성 야고보 상도 인상적이었다. 어찌 이리도 지치고 지친 나그네의 형상일까. 지금의 내 모습을 보는 것 같아 울컥했다. 야고보를 감히 나와 비교함은 내가 지쳤기 때문이리라.

축 처진 상태로 걷다가 산타 크리스토 성당을 만났다. 순례길 위의 성당은 모두 들러보겠다 작정하고 있지만 이번엔 그냥 지나치려 했다. 발걸음이 무거워 들어갈 엄두가 나지 않았다. 그런 찰나에 기도드리고 나오는 현지 할머니 두 분과 맞닥뜨렸다. 그들은 인자한 미소를 지으며 말씀하셨다.

"성당에 들어가 십자가를 보고 가세요."

차마 거절할 수 없어 문고리를 당겼다가 너무 놀라 눈동자가 커졌다. 낡은 벽에 단정하게 모셔진 십자가는 어디서나 볼 수 있는 반듯한 열십자 형의 그것이 아니었다. 예수님께서 축 늘어져 계시는 처음 본 형태의 십자가. 중세기 최고의 고딕형 십자가로 알려진 'Y자형 십자가'였다. 전 세계에 오직 다섯 개밖에 없는 작품이라는데 간발의 차로 못 볼 뻔했다.

'끝까지 포기하지 않고 걸을 수 있도록 보살펴 주옵소서.'

간절한 눈빛으로 바라보았다. Y자형 십자가를 만난 것은 신의 은총이었다.

　지쳐서 도착한 알베르게에서 주인이 순례자 모두에게 자신의 운세를 뽑아보게 했다. 내가 뽑은 운세는 Sunshine. 내 앞길이 잘 풀릴 것 같은 기분 좋은 예감에 어깨를 으쓱거리는데, 여수 형님이 나타나 주먹 쥔 손을 내밀었다. 형님도 운세가 잘 나와 그 기분을 유지하려고 기념품점에서 배지 세 개를 샀단다. 여수 형님, 라푼젤 언니, 내가 동시에 같은 배지를 배낭에 꽂으며 웃음을 나눴다. 낯선 길 위에서 처음 만났지만 생각이 같고 말이 통해 많은 시간을 공유하는 고마운 형님과 언니. 이 두 사람은 나에게 항상 위로로 다가온다.

알베르게는 공립과 사립으로 구분된다. 저렴하게 6유로의 금액으로 많은 순례자를 수용하는 공립에 비해 사립은 더 나은 환경을 제공하고 비용을 조금 더 받는다. 오늘 머무는 알게르게는 사립으로 시설이 좋고 깔끔하다. 비용을 조금 더 지불하면 2인실을 배정받을 수도 있다. 도미토리는 12유로, 2인실은 20유로이니 이 정도는 나를 위해 쓸 수 있는 금액이다. 길에서 만난 라푼젤 언니와 2인실에 들었다. 쾌적함에 마음이 흡족했다. 다른 이들의 코 고는 소리를 듣지 않고 숙면할 수 있을 거라는 기대로 마음이 가볍다.

길동무를 둘이나 만나다니

걷기 5일 차 '푸엔테 라 레이나~에스테야' 22km 누적 거리 116.5km

"당신을 더 나은 사람으로 만들어줄 사람들과 어울려라."

- 오프라 윈프리

아침 출발은 활기찼으나 시간이 흐를수록 걷는 게 힘들었다. 발가락과 발바닥까지는 각오했지만 무릎이 아플 줄이야!

빗속에 진창길을 걷느라 발걸음이 무겁고 더뎠다. 오늘의 나는 재투성이 신데렐라와 같은 이미지가 돼버린, 흙투성이 순례자이다. 진창의 흙이 튀어 엉망이 된 바지와 젖은 신발이 가관이다. 물론 그러거나 말거나 남들은 내 몰골에 관심을 두지 않았고, 나 역시 무심히 걷기에만 집중했다.

자전거 순례자가 손을 흔들며 빗속을 유쾌하게 지나갔다. 자전거에 매단 국기로 보아 이탈리아 순례자인가 보다. 불현듯 남편에게 했던 제안이 떠올랐다. 내가 중년의 나이에 자전거 타기를 배운 후 타는 재미에 빠져 살 때의 일이었다. 곧잘 타게 되자 세상 어디도 갈 수 있을 것 같은 자신감이 하늘을 찔러댔다.

"여보, 나랑 같이 산티아고 순례길을 자전거로 완주해 볼래요?"
"나야 좋지."

지금 생각하면 어이가 없지만 그땐 그 실력이면 충분히 가능할 거라 여겼다. 하룻강아지 범 무서운 줄 모르고 부렸던 만용이었다. 막상 이 길에서 보니 그런 무모한 말을 꺼냈다는 게 어이가 없다.

순례길에선 다양한 사람들이 동질감을 느끼며 만나고 헤어진다. 그러면서 크고 밝은 목소리로 서로에게 '부엔 카미노(Buen Camino)!' 인사를 건넨다. '좋은 순례길 되세요!'라는 말로 서로를 격려하는 것이다. 나는 다리에 힘이 빠지니 인사하는 목소리에도 힘이 들어가지 않았다. 그러나 세상은 요지경 속이다. 빛과 그림자처럼 다가온 고마운 사람을 둘이나 만났으니 말이다.

한 명은 느린 나와 보조를 맞추며 걷는 라푼젤 언니이다. 예쁘고 우아해서 손에 물도 안 묻혀본 사람 같지만 웬걸, 사람 냄새를 진하게 풍기는 여성이다. 시쳇말로 서울깍쟁이같이 새초롬해 보이는 언니의 반전은 털털함이다. 세련된 외모와 달리 의리와 정의로움으로 중무장한 사람. 학교에서 음악을 가르치던 선생님이었다.

편견이나 선입견의 무서움을 다시 상기했다. 가늘고 긴 손가락으로 먼지를 톡톡 털 것만 같던 여성이 품고 있는 내면세계는 진한 곰탕 국물 같았다. 뚝배기에 담긴 진국의 은근함과 다를 바 없는 그녀의 근성을 닮고 싶다. 명예 퇴직한 여자와 정년퇴직할 여자의 의기투합에 힘입어 화두를 하나 정해 놓고 걸어야 할까 보다.

또 한 사람은 나의 뻔뻔함이 형님으로 삼은 여수 형님이다. 이 형님은 발가락이 아프다는 공통점으로 친해졌다. 여수에서 왔다는 그는 누구나 알 만한 대기업의 임원으로 평생을 바쁘게 살아온 사람이었다. 그런 사람이 출장이 아닌 외국 여행을 단 한 번도 해 본 적이 없다고 해서 깜짝 놀랐다. 쉴 줄도 놀 줄도 모르는 전형적인 대한민국의 가장이었던 것이다. 은퇴를 앞두고 생각 정리를 하기 위해 이 길을 걷는다고 했다. 말이 통하는 두 사람과의 만남으로 나의 길 걷기에는 즐거움 한 줌이 추가되었다.

에가강을 끼고 있는 '에스테야'는 오늘 걸음의 종착지이다. 11세기 초, 별에게 이끌려 온 양치기들이 별이 내려온 곳에 묻혀 있던 성모상을 발견했다는 전설을 안고 있는 마을. 그래서 마을 이름이 별이란 뜻의 '에스테야'이다.

빗물과 흙탕길 걷기에 질릴 즈음 도착한 알베르게는 공립이라 숙박비가 저렴했다. 이 말은 곧 비용을 아끼는 순례자들이 선호하는 숙소라는 뜻이고, 많은 순례자로 인한 소란스러움과 산만함을 옵션으로 받아들여야 한다는 의미이다. 거기에 더해 지금까지 거쳐 온 알베르게와 다르게 남녀 구분 없이 한 공간에서 모두가 머물렀다. 도미토리뿐만 아니라 샤워장, 화장실 등 모든 것이 남녀 공용이었다. 당황스러웠다. 샤워할 때는 옆 칸에 남성이 있을까 봐, 화장실 안에서 나올 때는 남성이 소변기 앞에 서 있을까 봐 등등 성(性)이 먼저 의식돼 행동을 위축시켰다. 나 스스로 울타리를 부수고 나오는 것 외에는 대안이 없었다. 생각을 바꾸었다. 서서히 불편한 상황과 분위기에 젖어 들었다. 이곳에 모인 순례자는 남성도 여성도 아닌 사람일 뿐인데 내가 너무 예민하게 굴었나 보다.

알베르게의 모든 것은 순례자를 위해 존재한다. 순례자는 함께 머무는 이들과 다음에 들어올 순례자를 생각하며 머물러야 한다. 시설 사용이 그렇고 행동이 그렇다.

자유 속에서 유지되는 이곳만의 질서에 익숙해져야 한다.

침묵,

말없이 걷는
인생의 길

"빨리 가려면 혼자 가고, 멀리 가려면 함께 가라."

- 아프리카 속담

와인을 마음껏 마셔도 공짜라네

걷기 6일 차 '에스테야~로스 아르코스' 21.5km 누적 거리 138km

"함께 웃은 사람은 잊을 수 있지만, 함께 운 사람은 잊을 수가 없다."
- 아라비아 속담

계속 비 오다 처음으로 맑게 갠 날인데 오늘이 여수 형님 생일이란다. 길에서 만나 친해진 사람들과 함께 아침을 먹었다. 쌀밥에 미역국과 오이 무침이 전부인 상차림이지만 오랜만에 먹는 한식이니 진수성찬이나 다름이 없다. 이 길을 걷는 사람들은 대단하다. 생일은 어찌 알았고 미역은 또 어디서 구했는지 감탄스럽다.

애물이 된 오른발 때문에 스틱에 의지해 천천히 걸었다. 그런데 다른 순례자들의 발걸음이 갑자기 빨라졌다. 뭐지 싶어 바라보다가 미소를 지었다. 살아계신 성모 마리아 수도원의 이라체 포도주 샘이 그곳에 있었던 것이다. 순례자들이 원하면 얼마든지 와인을 마실 수 있는 수도꼭지가 담벼락을 뚫고 나와 있다. 얼른 배낭에서 컵을 꺼냈다. 와인 한 잔에 기분이 좋아져 발의 통증이 잊히는 듯했다.

수도원의 배려가 감사하다. '부르고스'까지 가는 길가에 이어져 있다는 포도밭을 아직 현실감 있게 만나기도 전인데 와인 인심부터 만났다.

여수 형님이 빈 물병에 와인을 조금 담더니 가방에 넣었다. 안 되는 행동일 텐데 싶었으나 차마 말하지 못한 채 자리를 떴다. 얼마를 걸었을까, 내 발걸음의 속도가 느려지자 기다렸다는 듯이 여수 형님이 와인을 꺼내 한 모금 마시게 했다. 돌발 행동은 내게 사용할 와인 진통제였던 것이다. 속세에 찌든 나는 형님의 그 마음을 읽지 못했다. 부끄러움과 감사함에 마음이 뜨거워졌다.

신발 때문에 복숭아뼈 주변이 아팠다. 걸음을 옮길 때마다 소름이 끼쳐 결국 신발을 바꿔보기로 했다. 트레킹화는 배낭에 매달고 슬리퍼를 꺼내 신고 걸었다. 통증이 없어진 것은 아니지만 발목을 건드리지 않으니 견딜

만했다.

길은 인생을 닮았다. 한 치 앞도 알 수 없는 우리의 삶처럼 길의 상태 또한 예측할 수 없다. 마른 흙길을 걷자니 양말이 뽀얘지도록 먼지가 올라앉았다. 그늘 하나 없이 뜨겁기만 한 길이 오늘은 고행길이다.

길 위의 사람은 누구나 자유인이다. 사람임을 인식하고 억제하며 조율하는 주체이다. 나아감도, 멈춤도 스스로 결정해야 한다. 다리 상태가 썩 좋지 않은 나는 수시로 멈춘다. 이때의 멈춤은 휴식이기도, 진화의 과정이기도 하다. 여러 나라에서 온 다양한 생각의 사람과 만나고 헤어지는 시간은 나를 성장시킨다. 세상에 독불장군은 없다. 길 위에서는 더욱 그러하다. 어떤 생각으로 서 있건 누구나 서로를 배려하며 자신의 길을 걷는다. 더도 덜도 없이 갖고 있는 그릇의 크기만큼.

지금 내가 할 수 있는 것은 소염 진통제를 먹고 파스를 붙이는 일뿐이다. 발목 테이핑이나 근육 마사지 등은 주위에서 도와준다. 감사하다. 이다음 어딘가에서 나와 같은 어려움을 겪는 이를 만난다면 나도 기꺼이 손 내밀 것이다.

산타 마리아 성당의 저녁 미사를 참관하고 나오며 묵주 팔찌를 선물 받앉다. 신부님의 축성 기도까지 곁들여진 이 팔찌는 나를 위해 기도하는 이웃에게 선물할 성물이 되었다. 세상을 어떻게 살아가야 할지를 생각하는 계기도 되었다. 단순한 묵주 팔찌가 신부님의 축성 기도로 품격이 달라졌듯이, 내가 어떤 마음가짐으로 살아가느냐에 따라 나의 인격과 세상을 보는 눈이 달라질 것이다.

여수 형님이 자신의 생일을 축하해 준 몇 명을 저녁 식사에 초대했다. 나는 건강한 발로 잘 걷길 바란다는 의미로 인진지 발가락 양말 한 켤레를 선물로 준비했다. 깨끗한 레스토랑에서의 어울림은 즐거웠다. 형님은 우리의 웃음소리가 다른 손님 식사에 불편을 끼칠까 봐 공개적으로 양해를 구했다. 그런데 세상에나! 그들이 생일 축하 건배를 제안하며 노래를 불러주었다. 외국인이 한국인의 정 문화에 스며든 순간이었다. 그 분위기에 젖어 다리의 불편함을 내려놓고 마음껏 즐겼다.

맛나게 살고 싶다. 이왕이면 가치 있게 살고 싶기도 하다. 지금까지 허투루 살지 않았다고 자부하는 것도 이런 생각을 바탕에 깔았기에 가능하다. 하지만 삶은 까다로운 수학 문제를 푸는 것 같다. 처음부터 술술 풀려서 정답이 나오면 다행이지만 틀렸어도 좌절할 일은 아니다. 다시 차근차근 풀면서 정답을 찾기 위한 노력을 하면 된다. 이것은 내가 이 길을 걸으려는 이유 중 하나이다.

아! 미켈란젤로 〈그리스도의 처형〉

걷기 7일 차 **'로스 아르코스~로그로뇨'** 28.5km 누적 거리 166.5km

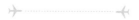

"행복은 습관이다. 그것을 몸에 지니라."

- 허버드

오늘은 걸을 거리가 길어 일찌감치 알베르게를 나섰다가 일몰과 일출을 동시에 만나는 행운을 누렸다. 무슨 급한 일이 있어 초승달이 떠나기도 전에 해님이 나오느라 저리도 서두를까. 그 덕에 불타는 하늘을 만났다.

다행히 어제보다 컨디션이 좋다. 오늘은 포도밭과 초원이 끝없이 펼쳐진 길을 걷고 있다. 햇살은 부드럽고 길 상태도 괜찮다. 꽤 오랜 시간을 걸은 것 같아 잠시 쉬기로 했다. 길가에 앉아 신발과 양말을 벗는데 백발의 외국인 노부부가 지나갔다. 아무 생각 없이 습관처럼 "올라! 부엔 카미노." 인사를 하다가 시야에서 사라질 때까지 바라보았다. 마주 보며 인사를 받아주던 부부의 웃음이 여유로웠다. 오래 입어 후줄근했지만 색깔을 맞춘 복장으로 두 손을 맞잡고 걷는 부부. 평온한 얼굴에 백발의 머리까지 닮았다. 나도 저렇게 나이 들고 싶다. 다른 날 다른 곳이겠지만 저 부부처럼 남편과 함께 사부작거리며 걷고 싶다.

걸음은 여전히 총체적 난국이다. 그러나 기분 좋음이 정신을 지배한다며 애써 마인드 컨트롤을 했다. 신발 목이 발목에 닿으면 통증으로 온몸이 오그라들지만 날씨 덕에 기분은 그런대로 괜찮았다.

와인으로 유명한 라 리오하주의 가없는 포도밭을 끼고 걸을 때였다. 일찍 출발해도 다른 순례자보다 느린 내 걸음은 어느새 여수 형님에게 따라잡혔다. 형님은 반가움과 놀라움이 섞인 내 목소리엔 반응도 없이 그대로 포도밭으로 사라졌다. 나는 붙박이로 잠시 서 있었을 뿐인데 어느새 손바닥 위에는 모양이 찌그러진 포도송이가 얹혀 있었다. 상품 가치가 떨어진 포도로 골라 땄나 보았다. 마른입 속에서 포도 알갱이가 터지자 단물이 쪽 나왔다. 감로수가 이런 맛일 것이다. 땀과 갈증과 통증을 끌어안고 걷던 길에 만난 포도는 다시 생기를 불러일으켰다. 어린아이처럼 깔깔거리며 포도를 입에 넣는데 형님은 손 한 번 들어주더니 앞질러 걸어갔다. 덕분에 스페인의 따가운 햇살을 받고 자란 농익은 포도 맛을 알게 되었다.

에브로강을 끼고 있는 '로그로뇨'는 작고 아담한 도시이다. 순례길 위에서는 어느 지역이나 마찬가지이지만 이곳에도 꽤 유명한 성당이 있다. 로그로뇨 대성당이 그곳이다. 성당 안으로 들어가니 생각보다 관람객이 많았다. 천천히 움직이며 그들 가까이 다가갔다. 사람들이 수군거리며 묵직해 보이는 금고 앞에서 떠나지 않는 것이 이상했기 때문이다.

알고 보니 미켈란젤로 작품 〈그리스도의 처형〉이 보관된 금고였다. 나 역시 굳게 닫힌 금고 앞에서 안타까웠다. 진품을 앞에 둔 채 못 보고 떠난다면 미련이 남을 것 같았다. 방법을 찾아 두리번거리다 지나가는 수녀님 한 분을 발견했다. 부리나케 쫓아가 애절한 눈빛으로 부탁했다. 꼭 보고 싶다고, 먼 곳에서 왔기에 지금이 아니면 이곳을 다시 찾을 기회가 없다고. "지성이면 감천이다." 한참 동안 내게서 눈을 떼지 않던 수녀님은 어딘가에서 묵직해 보이는 열쇠 꾸러미를 들고 오셨다.

〈그리스도의 처형〉을 눈앞에 놓고 마음껏 바라보았다. 흐뭇한 표정으로 지켜보던 수녀님은 함께 사진 찍고 싶다는 내 바람까지 기꺼이 들어주었다.

'오! 주여, 감사합니다.' 불자 입에서 감사 인사가 저절로 나왔다.

순례길의 방향을 안내하는 '로그로뇨'의 가리비는 형태가 독특하다. 다른 지역의 그것과 달리 우리나라 복주머니같이 생겼다. 성 야고보가 이 주머니 속의 복을 조금 덜어 보내 주었나 보다. 나는 매우 흡족한 기분으로 알베르게를 향해 걸었다.

오늘의 숙소는 도미토리 형태의 공립 알베르게이다. 내 옆 침대를 배정받은 이탈리아 모녀 중 엄마의 발은 상태가 나보다 더 심각했다. 부스럭거리며 배낭에서 연고와 밴드를 찾아 건네니 감격한 얼굴로 인사를 한다. 난 저 마음을 알고 있다. 나도 계속 도움을 받으며 걷고 있는데 어찌 모르겠는가. 우리는 한마음으로 서로에게 응원을 보내며 한곳을 향해 걷는다. 모두 정상의 컨디션이 아니지만 길 위에 서는 것을 두려워하지 않는다는 공통점도 갖고 있다.

무엇을 지향하는가는 각자의 몫이다. 자신의 삶을 스스로 책임지는 것처럼.

달팽이처럼 느리지만 꾸준히 걸으면 괜찮아

걷기 8일 차 **'로그로뇨~나헤라'** 29.5km 누적 거리 196km

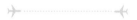

"실수하지 않은 사람이 되는 것보다 포기하지 않는 사람이 되는 것이 중요하다."

- 보도 섀퍼

"카미노는 모든 힘을 빼앗았다가 몇 배로 돌려준다. 이 길을 걸으면 누구나 이르건 늦건 밑바닥까지 흔들린다. 혼자 걷지 않으면 그 길은 비밀을 가르쳐 주지 않는다……. 내 안에서 커다란 종이 울렸다. 그 소리는 계속될 것이다. 물론 차츰 잦아들겠지만 귀를 쫑긋 세우면 오래도록 여운을 느낄 수 있을 것이다."

영화 〈나의 산티아고〉가 끝나며 주인공 하페가 하는 독백이다. 성공한 연예인인 하페는 '나는 누구인가.'란 화두를 잡고 순례길을 걷는다. 이 과정에서 그는 수많은 시행착오와 내적 갈등을 겪으며 '순례는 아프다.'를 몸소 체험한다.

스페인으로 출발하기 전에 본 이 영화에 나는 크게 감명받았다. 순례를 하며 생각이 확장되고 사고가 변화하는 하페의 모습을 보면서 하페처럼 내 생각의 지평이 넓어지기를 바라는 마음이 더 커졌다. 산티아고 순례길을 끝까지 잘 걷겠다는 생각이 더욱 굳어지는 계기가 된 것이다.

'로그로뇨'를 빠져나와 '나헤라'를 향해 걷는 중이었다. 햇살은 투명하고 바람은 달콤했다. 이런 날씨엔 안 좋은 컨디션도 좋아질 것만 같다. 그런데 이게 무슨 일인가. 막 출발했는데 왼쪽 발목의 느낌이 심상치 않았다. 어젯밤에 느낌이 싸해 파스를 붙이고 잤건만 파스가 제 역할을 못한 건지, 왼발이 오른발 역할까지 하느라 힘들어서 그런 건지 감을 잡을 수 없다. 분명한 건 까닭 모를 통증이 해일처럼 밀려든다는 것이다. 결국 걷던 중간에 주변의 도움으로 발목에 테이핑을 했다. 그럼에도 불구하고 발이 땅에 닿으면 신음 소리부터 나왔다. 얼마나 많은 사람이 나와 같은 고생을 했을까 싶어 마음이 숙연해졌다.

아픈 다리로 절뚝거리며 '나바레테'의 산타 마리아 대성당을 들어갔다. 내부가 화려하기 그지없다. 성당도 그렇지만 이 지역은 지금까지 지나온 곳과 달리 주민들의 예술 감각이 남다르다. 건물의 크기와 상관없이 소소한 출입문 손잡이까지 디자인이 예사롭지 않다.

천천히 걸었다. 여유를 즐기는 이곳 주민들을 만나기 전까지는 오늘이 주말인 것을 잊고 있었다. 이들의 주말 분위기는 우리와 많이 달랐다. 영화를 찍는 것처럼 공원에서 여유와 근사함을 뿜어댔다. 풍경의 일부처럼 사람이 자연에 녹아 있었다. 나도 현지인 코스프레를 했다. 바에서 에스프레소 한 잔을 들고 나와 야외 의자에 앉아 커피 향에 빠져들었다. 왼쪽 발목이 잘 다스려지면 더 즐기며 걸어야겠다.

그라헤라 호숫가를 지나갔다. 길가 철조망에는 순례자들이 매어 놓은 십자가와 메모들이 심란한 내 마음을 대변하는 듯 바람에 어지러웠다. 톨스토이의 단편 『인간은 무엇으로 사는가』를 되새기며 걸었다. 내 마음속에는 무엇이 있는지, 나에게 주어지지 않은 것은 무엇인지, 나는 무엇으로 사는지를 생각했다.

함께 출발했던 순례자보다 늦게 알베르게에 도착했다. 땀과 먼지로 얼룩진 몸을 씻기 바쁘게 통증 오일로 아픈 부위를 정성껏 마사지했다. 오일은 새끼발가락, 발바닥, 발목, 무릎으로 이어지는 통증을 가라앉히지는 못하지만 심리적인 안정감을 준다.

달팽이처럼 느리지만 꾸준히 걸으면 괜찮다고 스스로 위로를 했다.

야속한 길 위 찬란한 경치의 위로

걷기 9일 차 '나헤라~산토 도밍고 데 라 칼사다' 21.5km 누적 거리 217.5km

"자신감 있는 표정을 지으면 자신감이 생긴다."

- 찰스 다윈

알베르게를 나서기 전에 국내에서 처방받은 소염 진통제를 먹고, 발목 테이핑을 하고, 그 위에 압박 붕대까지 했건만 극심한 왼쪽 발목 통증으로 걷는 게 고통스럽다. 지금까지 저지른 나쁜 일들이 고통으로 오는 걸까. 하루하루가 통증으로 진이 빠진다. 이 괴로움을 어떤 의미로 받아들여야 할지 모르겠다. 도대체 어쩌란 말인가!

제니퍼하고 약국을 갔다. 스페인의 약국은 우리나라와 시스템이 달랐다. 약사가 내 체중을 확인한 후 진통제를 처방했다. 엄청 큰 알약의 일반 진통제와 국내에서 처방받은 소염 진통제를 함께 먹었다. 그런데 사람 마음은 참 알다가도 모르겠다. 통증으로 얼굴을 찡그리다가 안경 코너에서 마음에 드는 안경테를 발견한 것이다. 가격이 국내와 비교할 수 없을 만큼 저렴했다. 주저하는 기색조차 보이지 않고 바로 구입하니 약사가 웃으며 말했다.

"기분이 좋아 다리가 빨리 좋아질 거예요."

순례길의 함정은 길에 있었다. 끝없이 이어지는 이 길은 고운 흙길이 아니다. 날카롭고 작은 돌멩이가 땅속에 박혀서, 또 더러는 길 위를 나뒹굴며 걷기를 방해했다. 그러니 참으로 야속한 길이 아닐 수 없다. 발에 전달되는 거친 촉감이 그대로 통증으로 연결되니 말이다. 그러나 포도밭으로 이어진 주변의 경치는 근사했다. 발이 땅에 닿는 순간은 통증으로 몸서리치지만 경치의 아름다움이 위로가 됐다.

간간이 한국 사람도 본다. 사춘기에 접어든 초등학교 5학년 딸과 중학교 2학년 아들을 데리고 걷는 젊은 엄마를 만났다. 그녀는 아이들을 한 학기 학교를 쉬게 하고 이곳에 왔단다. 중학교를 졸업한 후 검정고시로 고등학교를 패스한 24살 청년은 군 복무를 마치자마자 비행기를 탔고, 지금까지 계속 여행하는 중이란다. 이렇게 트인 엄마와 생각이 건전한 한국의 젊은 이처럼 세계의 다양한 사람들이 열린 마음으로 이 길 위에 있다. 마음이 차분해졌다. 내 아이들이 어렸을 때 나는 어떤 엄마였던가. 되짚어 돌아보며 보리밭과 밀밭 사이로 먼지가 푸석이는 메마른 길을 따라 걸었다. 지평선을 향해 끝없이 걸어야만 만날 수 있는 도시 '산토 도밍고 데 라 칼사다'까지 가는 게 오늘의 목표이다. 지쳐 녹다운이 될 즈음, 목적지에 도착해 '수탉과 암탉의 기적' 전설을 들었다.

'수도사가 되고 싶었던 잘생긴 청년이 어머니를 모시고 산티아고 순례길을 걷던 중 이 마을에서 하룻밤을 묵게 되었다. 모자가 묵던 숙소 주인의 딸은 청년을 보자마자 사랑에 빠져 고백을 했다. 그러나 청년이 고백을 받아들이지 않자 처녀는 앙심을 품었다. 성당의 성합을 청년의 가방에 몰래 넣고 도둑으로 몰아간 것이다. 판사는 청년을 교수형으로 처벌했다. 청년의 어머니는 슬픈 마음으로 아들을 마음속에 품고 산티아고까지 걸었다. 그런데 돌아오는 길에 아들이 처형된 언덕에 들렀다가 깜짝 놀랐다. 한 달이 넘도록 교수대에 매달린 채 아들이 살아 있었기 때문이다. 어머니는 판사에게 달려갔다. 아들이 살아 있으니 풀어달라고 간청했다. 그러나 판사는 "당신 아들이 살아 있으면 내 앞에 있는 삶은 닭도 살아나라지."라고 말했다. 순간 식탁 위의 삶은 닭이 살아나 푸드덕거리며 날뛰었다. 이후부터 마을 사람들은 대성당 안에서 암수 한 쌍의 닭을 키우며 청년을 기렸다.'라는 내용이었다.

이 전설로 순례길에서 더욱 유명한 도시가 된 이곳에서는 12세기 건물인 국영 호텔 파라도레스에서 머물렀다. 이 호텔은 스페인 정부가 대성당을 리모델링해 만들었다는데 품위 있고 깨끗했다. 제니퍼가 호텔 주방에 내 얘기를 했다며 비닐 팩에 얼음을 채워 갖고 왔다. 다른 순례자들도 더 심해진 발 상태를 걱정하며, 차로 이동하는 게 좋겠다고 한마음으로 조언을 했다. 얼음찜질을 해본 후, 계속 걸을지 차로 이동할지 결정하기로 했다. 모두 감사하다. 걷기를 포기할 것도 아니면서 발목이 아프니 자주 마음이 약해진다. 이럴 때마다 길 위의 친절과 이웃들의 격려를 잊지 않겠다며 마음을 다잡는다.

어제와 내일은 다른 삶이다. 나는 할 수 있다. 음식을 만들 때도 양념에 따라 맛이 달라지는데 인간의 삶이라고 무엇이 다를까. 손맛에 따라 달라지는 음식의 맛과 같이 어떤 양념을 하고 어떻게 버무리느냐에 따라 사는 맛이 달라짐은 당연한 이치이다.

내가 나를 경영하는 CEO임을 잊지 않겠다. CEO는 최고 경영자 1인이다. 누가 대신하거나 대체될 수 없다. 그러니 오직 나만이 내 인생을 책임지고 만들어 나갈 수 있다. **이 고비를 잘 넘기며 길 위에서 스스로를 돌아보고 앞날을 그릴 것이다.**

스페인 병원을 오게 될 줄이야!

걷기 10일 차 '산토 도밍고 데 라 칼사다~벨로라도' 23km 누적 거리 240.5km

"피할 수 없으면 즐겨라."

- 로버트 엘리엇

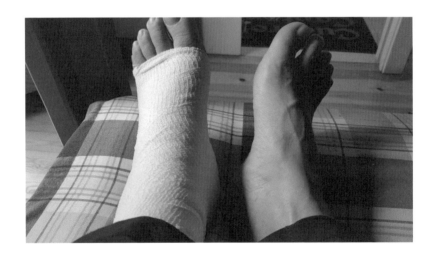

발목이 더 심해져 현지 병원을 갔는데 진료비만 130유로란다. 깜짝 놀랐다. 한국 돈으로 환산하면 10만 원이 넘는 돈을 단지 의사를 만나는 비용으로 지불하는 것이다. 그러나 어쩌겠는가. 내 다리는 진료가 필요하다. 병원비가 더 비싸도 의사를 만나야 한다.

스페인의 병원은 진료비를 직접 수납하지 않았다. 접수 창구에서 고지서를 발급받아 은행에 가서 납부하는 시스템이다. 다행히 제니퍼가 동행해서 이 모든 절차는 물론, 곳곳을 휠체어를 몰고 나를 이동시켜 주었다. 의사는 친절했다. 순례자라고 X-레이실도 함께 가고, 소염 진통제는 돈도 안 받고 진료실에서 직접 주었다. 병원을 나온 후 함께 갔던 제니퍼에게 들었다. 스페인의 병원은 의사가 동행하지 않으면 X-레이를 찍기 위해 오랜 시간을 기다려야 한다고.

이곳의 병원은 외국인에겐 진료비를 많이 받지만 자국민은 무료란다. 의료 복지가 확실하고 과잉 진료도 없다고 한다. 하긴 약국에서 진통제를 살 때 이미 알았다. 내 체중을 확인하고 약을 주었으니 말이다. 그러나 화장실을 들어갈 때와 나올 때의 생각은 다르다. 절박한 심정으로 진료실을 들어갔지만 의사의 진단이 발목 염증으로 나오니 돈 생각이 났다.

'벨로라도'까지 택시로 이동했다. 버스를 오르내리기도, 발걸음을 떼기도 쉽지 않았던 까닭에 택시비 30유로가 아까웠지만 어쩔 수 없었다. 그 바람에 남들이 타지 않는 택시 호사까지 하며 160유로짜리 특별한 하루를 보냈다. 그리곤 속으로 중얼거렸다. '순례길에서 스페인 병원을 가고 택시도 탄 사람 있으면 나와 보시라. 나는 발목 염증이 나을 때까지 귀족 놀이를 계속

할 테다.' 그러면서 이 특별한 경험도 '하람'이라서 가능한 일이라고 정답을 만들어 버렸다. 그래야 제니퍼의 선한 영향력이 힘을 발휘할 수 있다고 생각했기 때문이다.

하람은 마음고생으로 힘들어하던 시절에 스스로 만든 나의 닉네임이다. '하늘이 내린 사람'을 마음대로 줄여놓고 고뇌할 일이 생기면 자기 암시를 하며 이겨냈다. 그렇게 지나온 세월이 얼마인데 끝이 보이는 길 위에서 포기하겠는가. 아름다운 마무리로 내 삶의 한 페이지를 잘 넘길 것이다.

제니퍼가 복권 한 장을 내밀었다. 은행에 병원비를 내러 갔다가 연결된 번호의 복권을 세 장 샀단다. 나머지 두 장은 라푼젤 언니와 자신이 갖겠다고 했다. 당첨자가 나오면 셋이 다시 스페인에서 만나자는 제안까지 곁들였다. 오랜만에 깔깔거리며 유쾌하게 웃었다. 나는 이 멋있는 여자와 꼭 다시 만나고 싶고, 인연의 끈을 붙잡아 내 이웃으로 만들고 싶다. 언제든 한국으로 나올 일이 생기면 연락하라고 전화번호를 주었다.

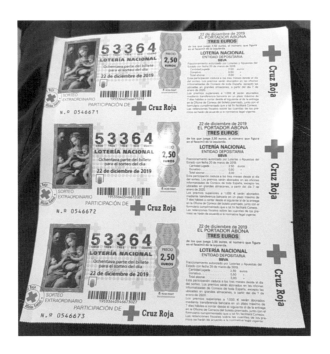

　오늘 묵는 알베르게는 폭립 맛집으로 유명하단다. 라푼젤 언니와 알베르게의 레스토랑에서 폭립과 맥주를 주문하고 기다리던 중이었다. 무심코 국내 지인들이 보낸 응원의 글을 살피다 그림 그리는 윤 선생의 메시지에서 빵 터졌다. 울릉도를 도보 일주하다가 구멍가게에서 아이스크림을 사며 주인 할머니께 여쭈었단다.

"할머니 천부까지 걸어가는 중인데 시간이 얼마나 걸릴까요?"

"이 사람아, 아이스크림 사 먹을 돈이 있으면 그 돈으로 버스를 타지 왜 걸어가시나."

어이없다는 듯이 말씀하시더란다. 내게 무리하지 말고 자동차로 움직이라는 권유를 하기 위해 자신이 겪었던 상황을 곁들인 것이다.

나는 복권 당첨으로 스페인을 다시 와야 할지도 모르는 사람이다. 들뜬 기분으로 폭립을 먹으며 라푼젤 언니와 시시덕거렸다.

"언니, 우리 당첨금 받으러 올 땐 깔끔하고 세련되게 입고 옵시다."

알베르게 주인에게서 사람 냄새가 났다

걷기 11일 차 '벨로라도~아헤스' 28km 누적 거리 268.5km

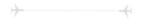

"친절해라. 당신이 만나는 사람은 모두 힘든 싸움을 하고 있다."

- 플라톤

다리 통증이 진정될 때까지 당분간 차로 이동하기로 결정했다. 순례자는 이것을 '점프한다.'고 표현한다. 그런데 공교롭게 오후부터 비 올 확률이 50%란다. 이런 날씨에 차를 타고 이동하려니 걷는 순례자에게 미안하다. 바람이 차가워 을씨년스럽기도 하다.

기분이 가라앉았다. 내가 좋아서 떠난 길임에도 불구하고 컨디션 때문에 위축이 된다. 몸이 마음대로 움직여지지 않으니 세상이 달리 보이기도 한다. 신체 중에 중요하지 않은 곳이 어디 있을까만, 걸으러 왔는데 다리에 문제가 생기니 심란하다. 그러나 지금의 상태에 적응해야 한다. 언제 어디서나 변하지 않는 건 순례길이 이곳에 있는 것처럼 나는 걷기 위해 여기에 왔다는 사실이다.

차로 움직였더니 '아헤스' 도착이 빨라 알베르게가 문을 열기 전이었다. 하지만 입장 시간을 맞추기 위해 다른 곳을 배회하기엔 내 컨디션이 좋지 않았다. 양해를 구하느라 상황을 설명했다. 선한 인상의 알베르게 주인은 미소를 지으며 내 크레덴시알에 세요를 찍었다. 그리곤 주방으로 들어가 음식을 내왔다. 다리 아픈 순례자의 컨디션이 빨리 좋아지길 바란다며 마늘빵 수프와 닭고기 요리를 테이블에 놓아주었다. 선물이라고 했다. 수프에는 숟가락을, 닭고기엔 포크와 나무젓가락을 같이 놓아준 배려가 고마웠다. 나무젓가락은 우리나라 컵라면에 들어 있는 그것이라 이유 없이 반가웠다. 따끈한 수프가 몸은 물론이고 마음까지 녹였다.

그의 배려는 요리에서 끝나지 않았다. 1인용 침대를 도미토리 값만 받고 배정해 주었다. 거개의 사립 알베르게가 돈을 더 받는 침상인데 도미토리 가격으로 배정받다니. 오늘은 행운이 넝쿨째 들어온 날임에 틀림이 없다.

남자 순례자 한 명이 지친 발걸음으로 들어와 식사를 시켰다. 배낭에서 활짝 웃고 있는 광대 가면이 도드라져 보였다. 우리나라 속담에 "길을 떠나려거든 눈썹도 빼놓고 가라."가 있다. 여행을 떠날 때 짐을 최소화하라는 의미의 표현이다. 오랫동안 걷는 이 길에서는 더욱 그렇다. 짐을 최대한 줄여서 몸의 부담을 덜어줘야 한다. 그런데 피에로 마스크라니. 궁금증을 못

참고 그에게 물었다. 핼러윈 데이를 즐기기 위한 소품이란다. 오! 멋짐 폭발이다. 핼러윈 데이는 아이들의 축제인 줄만 알았더니 어른도 즐기나 보다.

핼러윈 데이는 매년 10월 마지막 날에 즐기는 서양 풍습이다. 사람들은 이날이 되면 죽은 영혼이 정령이나 마녀로 되살아난다고 믿었다. 그래서 육신을 뺏기지 않기 위해 유령이나 마녀 같은 캐릭터 분장을 하고 돌아다녔다. 이때 아이들은 잭 오 랜턴 등이 켜진 집을 찾아가 사탕이나 초콜릿을 받는다. 나도 우리 아이들이 어렸을 때 드라큘라 마스크에 검정 망토 분장을 해 준 기억이 있다. 그러나 내가 직접 즐긴 경험이 없으니 한 번쯤 즐겨보고 싶기도 하다. 이곳이 아니면 내가 어디서 이런 축제를 즐기겠는가.

이튿날 아침, 알베르게를 떠날 때 주인이 눈물을 보였다. 서운하다고 했다. 여린 감성의 주인 모습에 나도 콧날이 시큰거렸다. **사람 냄새나는 사람은 동서양을 가리지 않고 어디에나 있다. 역시 세상은 살만한 곳이다.**

길 위의 하루하루가 진중하다. 순례자와의 관계나 현지인의 배려에서 인간다움을 보고, 느끼고, 마음에 새길 때가 많아졌다. 그렇다고 모두가 좋은 사람이란 의미는 아니다. 개중에는 어이없는 짓을 하거나 이해할 수 없는 행동으로 정나미 떨어지게 하는 사람도 있다. 세상 어딘들 그렇지 않겠는가. 이 길 역시 다양한 사람이 모이는 곳이니 별별 사람이 다 있다.

순례길을 걸으며 알베르게에서 조심해야 할 것들을 듣게 되었다. 술판을 벌이지 말 것, 매너 있게 행동할 것, 소지품 관리를 철저히 할 것이 그것들이다. 예전에 단체로 오는 한국인 순례자가 많아지며 삼겹살을 굽고, 술을 마시고, 소란스럽게 행동하는 사람들도 늘어났다고 한다. 빈도가 잦아지자 다른 나라 순례자들의 항의가 이어졌고, 결국 알베르게 운영자들이 모여 회의를 했단다. 그 결과가 '가능하면 한국인은 받지 말자.'였다니 얼마나 부끄러운 일인가. 그 때문이었을 것이다. 한동안 한국인 순례자의 알베르게 구하기가 어려움이 많았다고 한다. 어이가 없었다. 왜 이 길을 걷는가? 성찰의 시간을 갖기 위해 오지 않았는가? 특별한 길 떠남임을 잊어서는 안 된다. 나라 망신까지 시킬 일은 더구나 아니다.

소지품 관리를 철저히 하는 것 또한 잊지 말아야 한다. 나보다 먼저 이 길을 걸으러 온 한국인 중 한 명이 벗은 옷과 지갑이 든 작은 가방을 샤워 부스 밖에 두고 몸을 씻었다. 그런데 샤워를 마치고 소지품을 챙기는데 지갑이 보이지 않았다. 당연히 난리가 났고 현지 경찰까지 왔지만 끝내 찾지를 못했다. 모든 비용을 고스란히 잃어버린 순례자는 걷기를 포기하고 귀국했다. 대략 이런 내용이었다. 얼마나 안타깝고 야속한 일인가.

명암이 공존하는 인간 세상은 꼬인 실타래처럼 엉킬 때가 있다. 푸는 방법을 몰라 난감할 때도 더러 생긴다. 그러니 잘 사는 게 얼마나 어려운 일인지 알겠다. 마음공부가 중요하다. 나 역시 끊임없이 마인드 컨트롤을 하고 내 속의 나와 이야기를 나누지만 일렁이는 강물처럼 흔들릴 때가 많다. 감정의 동물이기 때문이다. 나는 이러한 감정이 사람을 사람답게 만들기도, 한순간에 나락으로 떨어뜨리기도 한다고 여긴다.

자신을 가꾸고 키우는 건 각 개인의 몫이다. 처한 상황에 순응하며 스스로를 잘 다스려야 한다.

부르고스 대성당에서 만난 '빠빠모스카'

걷기 12일 차 '아헤스~부르고스' 23.5km 누적 거리 292km

"일생에 한 번 있을까 말까 한 큰 행운보다는,
날마다 일어나는 소소한 편안함과 기쁨에서 행복을 더 많이 찾을 수 있다."

- 벤자민 프랭클린

109

카스티야 왕국의 수도였던 '부르고스'로 향하는 마음이 부풀어 있다. 역사의 중심지인 동시에 유서 깊은 도시 '부르고스'. 이곳에는 스페인에서 가장 웅장하고 아름다운 건축물로 알려진 부르고스 대성당이 있다. 도시를 감싸는 성벽과 구시가지 입구에 위치한 산타 마리아 문을 통과해야 갈 수 있다.

스페인 성당 중 유일하게 1984년에 유네스코 세계 문화유산으로 등재된 곳. 부르고스 대성당은 스페인의 3대 성당 중 하나이고, 세 번째로 큰 규모의 성당이다. 산티아고로 가는 순례길에서 만나는 가장 성스럽고 위대한 건축물 중 하나이기도 하다. 이토록 명성이 자자한 성당이기에 건축에도 수백 년이 걸렸다고 한다. 이러니 어찌 우리가 신앙의 위대한 힘에 토를 달 수 있겠는가. 여기에 더해 국왕 펠리페 2세는 "이것은 사람이 만든 것이 아니라 천사의 솜씨다."라며 극찬을 했다니 기대감에 마음이 달뜬다.

차로 이동했더니 개방 시간보다 일찍 도착했다. 성당이 마주 보이는 산타 마리아 광장의 바에 앉아 여유롭게 책을 읽으며 12시를 기다렸다. 이곳으로 출발하기에 앞서 제니퍼는 부르고스 대성당에 대해 많은 내용을 들려주었다.

고딕 양식의 첨탑이 우뚝 선 대성당의 출입문 주변엔 화려한 조각 장식이 그득하다. 문 위쪽의 팀파눔 중앙에는 예수님이 앉아 계시고, 그 아래 줄에는 열두 제자가 앉아 있다. 그 중 오른쪽에서 네 번째가 야고보이다. 들고 있는 성경에 콘차(concha, 가리비)가 붙어 있는 것으로 확인할 수 있다는 제니퍼의 말이 기억났다. 목을 빼고 한참 야고보를 바라보다 성당으로 들어갔다.

종 치는 시간을 놓칠까 봐 빠빠모스카부터 만나러 갔다. 빠빠모스카는 성당 안 천장에서 정오마다 종을 치는 소녀의 이름이다. 애틋하고 슬픈 전설을 지니고 있는 빠빠모스카는 그녀를 짝사랑하던 엘리게 왕의 분부로 만들어진 조각상이다.

전설은 이렇다. 어느 날, 왕이 대성당에서 기도를 마치고 나오다 예쁜 아가씨를 보았다. 어찌나 아름다운지 다시 보고 싶은 마음이 간절했지만 만날 수 없었다. 결국 상사병에 걸린 왕은 조각가에게 그 아가씨를 만들라 했단다. 전설을 기억하며 설레는 마음으로 조각을 봤는데, 이게 어찌 된 일인가. 고개를 빼 들고 천장을 올려보니 여성스러움이나 아름다움과는 거리가 먼 조각이었다. 소녀 옷을 입은 병정이 나와 종을 치고 있는 모습이라니. 어처구니가 없어 웃음이 나왔다. 이래서 관람객의 눈길을 더 끄나 보다.

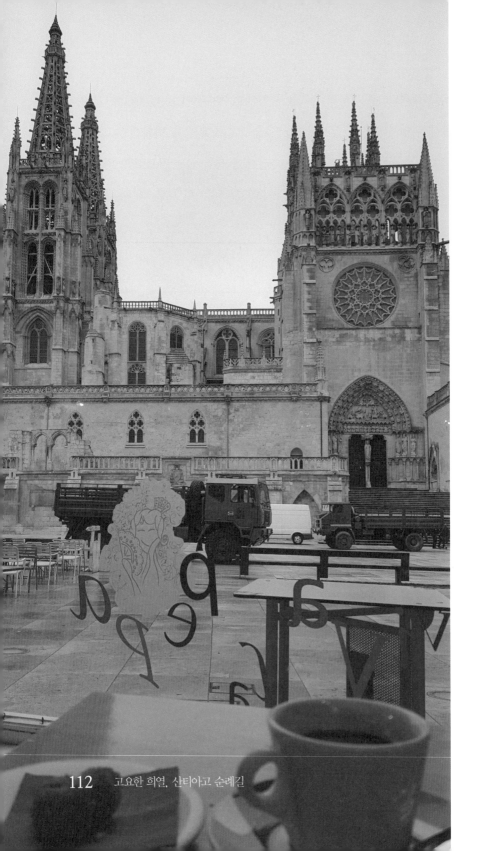

고요한 희열, 산티아고 순례길

그 외에도 성당 안에는 관심을 집중시키는 볼거리가 몇 개 더 있다. 그중 하나는 전쟁 영웅 엘 시드와 그의 아내 히메나가 잠들어 있는 곳이다. 예배 공관과 주교 회의실이 만나는 바닥의 중심에 조성해 놓았는데 부르고스가 엘 시드의 고향이기 때문에 여기에 모셨나 하는 생각을 잠깐 했다.

레오나르도 다빈치 원작 〈산타 마리아 막달레나〉를 모사한 지오반 피에트로 리졸리의 작품도 흥미롭다. 그런가 하면 〈마리아와 아기 예수〉가 있는 예배실의 그림 속 마리아는 매우 풍만하고 화려한 여성으로 묘사돼 있어 모습이 낯설다. 황금으로 치장되어 있는 '천국의 계단'은 또 어떠한가. 스테인드글라스 창문 아래에서 데칼코마니를 이루며 자리 잡고 있다.

이 계단은 천국으로 올라가는 지름길일까? 그 천국은 내가 그리는 그런 세계일까? 상상의 나래를 펼치며 바라보았다.

대성당에는 예배를 드리는 방들이 여러 개 있다. 화려하기 그지없는 예배실은 방마다 다른 색깔을 지녔다. 그중 한 방에서 치마 입은 예수님을 만났다. 제니퍼를 통해 사연을 듣고 보니 '그럴 수도 있지.'라는 생각이 들었다. 봉헌식이 다가왔으나 촉박한 기일로 예수님이 완성되지 않자 급한 대로 치마를 입혀드렸다는 것이다. 그 이후 지금까지 예수님은 치마를 입으신 채 우리를 내려다보고 계신다.

오늘은 핼러윈 데이로 도시가 축제 분위기이다. 내가 머무는 알베르게 앞에도 사탕을 안 주면 공격하겠다는 작은 악마 한 무리가 어슬렁거렸다. 한 움큼의 사탕을 나눠주고 있자니, 아이들이 귀여워 미소가 지어졌다. 애, 어른 할 것 없이 온통 분칠하고 분장한 사람들이 거리를 활보했고, 나도 그들 속의 한 명이었다.

중국의 고사성어 중에 "염일방일(拈一放一)"이라는 말이 있다. 하나를 얻기 위해선 다른 하나를 놓아야 한다는 뜻이다. 오늘의 내가 그렇다. 핼러윈 데이의 소란스러움이 잠잘 줄 모른 채 시간을 점령하고 있었기에 그 분위기에 젖어 나도 즐겼다. 대신 푹 쉬고 가뿐하게 출발하려던 내 생각은 허공으로 흩어졌다. 휴식으로 몸을 충전하려던 생각이 많았지만, 그 대신 기분이 좋아 몸에 활력이 생기는 쪽으로 방향을 선회했기 때문이다. 행복하다.

'들꽃 바람 부부'의 친절

걷기 13일 차 '**부르고스~오르니요스 델 카미노**' 21.5km 누적 거리 313.5km

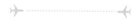

"그 사람됨을 알고자 하면 그의 친구가 누구인가를 알아보라."

- 터키 속담

'부르고스' 이후 시작된 황량한 메세타 고원은 800m 내외의 고도를 따라 가는 길이다. 팔레시아주가 고원 지대이기 때문이다. '레온'까지 지평선으로 이어지는 길의 건조함과 지루함은 내 기분처럼 메마르고 삭막하다. 그러나 이 길은 광활한 풍경 때문에라도 즐기기를 놓치면 안 될 길이다. 동시에 다시 초원 지대가 나타날 때까지 견뎌야 할 인내와 끈기의 길이기도 하다.

'부르고스'를 떠나며 제니퍼와 작별을 했다. 병원에서, 길 위에서, 알베르게에서 끊임없이 도움을 주던 카미노 천사가 스페인에서 행복하길 바라는 마음은 나의 진심이다. 쓸쓸하고 공허했다. 그동안 제니퍼에게 많이 의지했고, 함께 걸으며 들었던 마을 이야기는 무척 중요한 정보였다. 그곳 성당만의 특징이나 마을의 유래는 귀를 쫑긋거릴 만큼 흥미로웠다. 당연히 순례길 위에서 크게 도움이 되었다. 그런 제니퍼가 남편이 있는 집으로 돌아간다니 당연하다고 생각하면서도 힘이 빠졌다.

제니퍼는 스페인 사람인 남편과 순례길 위의 한 도시에서 살고 있다. 한때는 우리나라에서 살았지만 한국을 떠난 지 오래됐다고 했다. 작은 체격으로 당차고 거침없이 걷는 모습을 보면 영락없는 여장부이다. 인정은 또 어찌나 많은지 발이 불편한 내게 도움이 될 것 같으면 무엇이든 챙겨주려 했다. 난 그저 한국으로 나오면 맛난 밥 한 끼는 꼭 대접하고 싶다고 생각할 뿐이었다.

'오르니요스 델 카미노'를 향해 가다 커피 한 잔 마시려고 바에 들어갔다. 아침에 알베르게를 먼저 출발했던 한국인 부부가 이미 들어와 쉬고 있었다. 처음 만난 날 그들은 자칭 '들꽃 바람 부부'라고 자신들을 소개했다. 남편은 방송국 PD를 하다가 정년퇴직했고 아내는 작은 사립 도서관을 운영한다고 했다. 전직 PD 남편은 절뚝이며 의자에 앉는 내게 야매('정식으로 배우지 않은 일'이라는 뜻의 속어)임을 강조하며 수지침을 놓아주겠다고 했다. 다리가 좋아진다면 어떤 치료인들 마다하랴. 바의 의자 위에 발을 올리고 압박 붕대를 풀어 보니 발등과 발목이 부었다. 더 나빠질까 봐 걱정이다. 내가 할 수 있는 일은 소염 진통제 먹는 것과 마인드 컨트롤밖에 없다.

부어오른 발에 생각지도 않던 수지침을 맞았다. 아픈 왼발에는 여러 개, 안 아픈 오른발엔 발등과 발목에만. 따끔거리며 침이 들어갈 때마다 좋아질 거라고 마음으로 주문을 걸었다. 들꽃 바람 부부의 남편은 아내의 컨디션을 수지침으로 유지시킨다고 무심히 얘기했다. 다리 문제로 의기소침해 있던 나는 내심 부러웠다. 그러나 곧 머리를 흔들었다. 나는 남편과 함께 이 길을 걷고 싶지 않다. 만약 남편도 나처럼 걷기를 희망했다면 다른 일정으로 각자 걷자고 말했을 것이다. 이 길은 스스로 어려움을 극복하며 자기 의지대로 걷는 길이다. 그래야 가치가 있다. 고마운 마음에 커피값을 내겠다고 했지만 부부는 이미 계산했다며 손을 흔들고 떠나갔다. 사람 좋아 보이는 바의 사장이 나를 보며 웃었다. 무언의 응원으로 느껴졌다.

오늘은 아주 조그만 마을에서 묵는다. 어디서나 그래왔지만 이번에도 침상은 배정되는 대로 오케이다. 그러나 아직까지 2층은 오르내릴 수 없기에 1층이어야 한다.

자리를 배정받고 국내에서 보내온 이웃들의 응원 메시지를 읽다가 '쿡'하고 웃음을 터뜨렸다. 사진을 보니 발이 너무 못생겼다며 발이 안 예뻐서 공평하다는 내용이었다. 웃음이 히죽히죽 나왔다. 기분이 한결 나아졌다.

나는 이런 이웃의 좋은 기운을 받아 포기하지 않고 끝까지 갈 것이다. 완주증을 들고 인증 사진도 남길 것이다. 기다려라 카미노! 내가 곧 만나러 갈 테니.

삶의 기쁨이 느껴질 때

걷기 14일 차 '오르니요스 델 카미노~카스트로헤리스' 21km 누적 거리 334.5km

"성공한 사람이 되려고 애쓰지 말고, 가치 있는 사람이 되려고 애써라."

- 아인슈타인

발목이 매운 듯 묘한 통증이 왔다. 어젯밤 근육 이완제로 마사지를 해서인지, 수지침의 효과인지 모르겠다. 부디 좋은 징조이기만을 바란다. 눈에 보이진 않으나 느낌으로 알 수 있다. 발목이 계속 좋아지고 있음을.

날씨는 별로다. 비 내리고 바람 불고 흐려서 기분 관리를 해야 한다. 가을을 타는 내 성격 때문이다. 가을은 나를 감상의 늪에 빠뜨린다. 세월이 흐르며 많이 가벼워졌지만 젊은 시절엔 생각에 빠져 시내버스 정거장 한두 곳 건너뛰는 건 예삿일이었다. 거센 비바람에 떨어지는 낙엽을 보니 을씨년스럽다.

여수 형님은 발이 다 나았는지 씩씩하게 걸었다. 아침 식사로 먹으라고 누룽지를 나눠준 게 고마워 커피 한 잔 대접하고 싶지만 번번이 기회를 놓쳤다. 그러나 만나고, 헤어지고, 같은 숙소에서 묵는 것을 반복하다 보니 이젠 막역한 동기 같이 느껴져 말도 막 놓게 된다.

재능 기부로 수지침을 놓아주던 들꽃 바람 부부도 기억에 남는다. 오늘도 약속이나 한 듯이 같은 알베르게에서 다시 만났다. 저녁에 자신들의 방으로 건너오면 또 침을 놓아주겠다며 방 번호를 가르쳐 주었다.

그들이 갖고 온 개인용 전기장판 위에서 수지침을 맞는 동안 너무 따뜻하고 포근했다. 그 바람에 나도 모르게 까무룩 잠이 들었나 보았다. 깨어나니 몸은 개운한데 좀 민망했다. 내가 그들의 자리를 차지하고 있었으니 말이다. 너무 곤하게 잠들어 있어 깨우지 않았다고 했다. 이 고마운 부부는 오랫동안 잊지 못할 것이다. 다음 날 아침, 알베르게 현관에서 만난 부부는 내 발 걱정을 하며 먼저 빗속을 뚫고 출발했다. 남편이 나와 나이가 같아 그동안 대하기가 편했는데, 오늘은 침을 맞고도 좋아지지 않는 발 때문에 마주 보기 민망했다.

전 부장과 김 대리, 이 두 사람은 보호자를 자처했다. 전 부장은 내 등산화의 발목 부분을 두드려 부드럽게 만들었고, 아침마다 다리에 테이핑을 해 주었다. 김 대리는 발목 마사지 담당이었다. 말이 좋아 마사지, 나는 이를 악물고 눈물을 질질 흘리면서 통증을 참기 일쑤였다. 전혀 모르던 사람들이 기꺼이 도와주고 걱정하며 떠나길 반복하는 사이, 내 마음속에는 그들에 대한 고마운 기억들이 차곡차곡 쌓였다. 이들의 배려로 길 위에서 나는 여전히 건재하다. 앞으로도 그럴 것이다.

작은 마을을 지날 때였다. 알베르게로 보이는 소박한 집의 창문이 눈에 들어왔다. 낡은 등산화 두 짝이 창문 아래서 가을을 안고 있다. 집주인의 센스에 미소를 지었다. 가을을 만끽하던 길이 어느새 가을의 끝자락을 잡고 있는 것이다. 신발 속에 피었던 가을꽃은 이미 시들었고 잎사귀에는 단

풍이 들었다. 자연의 섭리가 흐르는 물과 같이 자연스러워 들창코처럼 들린 신발의 앞축도, 시든 꽃잎도 겨울을 향해 가고 있다. 나도 그렇다. 순례길을 걷기 시작할 때와 옷차림이 달라졌다. 얇은 셔츠 한 장으로 하루를 나던 일상에서 어느 날은 얇은 패딩을 꺼내 입거나 비니를 쓰기도 한다.

겨울 순례길은 마을마다 있는 알베르게가 대부분 문을 닫은 채 겨울잠을 잔다. 그 바람에 순례자는 잠자리를 구하기 위해 문 연 알베르게를 수소문하느라 신경을 많이 써야 한다. 다행히 나는 깊은 겨울이 오기 전에 순례길 걷기를 끝낼 것이다.

불현듯 나이가 의식되었다. 내 삶도 이미 가을이다. 인생의 겨울 채비를 잘해서 건강하게 노후를 보내고 싶다. 노쇠하지 않은 노년기에 마음이 따뜻한 사람들과 어우렁더우렁 살아갈 수 있다면 얼마나 행복할까. 그러기 위해 나는 낯선 길 위에서 생각을 정리한다. 살아온 날들과 살아갈 날들에 대해.

알베르게를 나서며 방명록에 기록을 남겼다. 더도 덜도 말고 지금처럼 마음의 평온이 지속되길 바란다.

'한 걸음 한 걸음, 소중한 걸음들이 카미노를 만든다고 생각합니다. 참 감사합니다. 이렇게 편안한 쉼터를 제공해 주어서. 잊지 않겠습니다. 오늘의 이 마음과 생각을, 그리고 곧 다가올 내 삶의 겨울을……. 부엔 카미노!'

유서 깊은 성당 마을이 쇠락하다니

걷기 15일 차 '카스트로헤리스~프로미스타' 25.5km 누적 거리 360km

"한 아이를 키우려면 온 마을이 필요하다."

- 아프리카 속담

밤새 발목이 아파 잠을 설쳤더니 기분이 꿀꿀하고 몸은 찌뿌둥했다. 이런 기분은 걷는 게 약인데 차로 이동하려니 심정이 복잡하고 안타깝다. 그러나 어쩌겠는가. 다리가 내 마음 같지 않은걸.

커피 한 잔 마시려고 바에 들어가다 별난 풍경을 보았다. 11월로 접어들고 기온이 떨어졌건만 비박을 하며 개 네 마리와 함께 걷는 외국인 부부를 본 것이다. 개들까지 배낭에 가리비를 달고 있어 폼이 났다. 그러나 그 모습을 보는 내 마음은 불편했다. 바람을 가르며 걷고 있는 저 개들은 행복할까?

'프로미스타'까지 가며 중간 마을인 '보아디야 델 카미노'에 도착했다. 이 마을에 있는 성모 승천 성당은 14세기에 지어졌다고 들었다. 지금도 아기가 태어나면 13세기에 만들어진 세례대에서 세례를 받고 있다는 설명까지 덧붙여서 말이다. 그런데 김희곤 선생이 쓴 책 『스페인은 순례길이다』 속에는 조금 기록이 달랐다. 그 책에서는 16세기에 지었다가 무너진 후, 18세기에 재건했다고 기록되어 있었다. 이럴 때는 좀 혼란스럽다. 다분히 주관적인 나의 생각이지만, 13세기에 만든 세례대가 14세기의 성당에 있는 것이 시기적으로 더 적절할 것 같긴 하다. 그러나 내가 알고 있는 정보가 오류라면 김희곤 선생께 큰 결례를 한 것이다.

성당 앞에는 15세기에 세워졌다는 심판의 기둥이 있다. 높이는 무려 7m

나 된다. 이 기둥은 기단을 다섯 번 쌓아 올렸다. 그런 기단 위에 장식을 두른 기둥을 세웠고, 또 그 위에 탑을 올렸다. 기단은 인간 세상을 의미하고, 기둥은 천국으로 인도하는 사다리이며, 원형의 장식 탑은 천국을 상징한단다. 마을의 상징인 동시에 프랑스길에서 가장 아름답고 오래된 것이라기에 한참 바라보았다.

이렇게 유서 깊은 성당이 있는 마을도 세월이 흐르면서 쇠락했다. 한때는 매우 큰 마을이었다는데 현재는 인구가 200여 명밖에 남지 않았단다.

조용한 마을을 어슬렁거리다 그림 같이 아름다운 알베르게를 발견했다. 잘 가꾼 정원 곳곳에는 조형물과 벤치가 놓여 있어 마치 미술관 같았다. 두리번거리며 뜰 안으로 들어갔다. 지나가는 순례자가 편히 쉬다 떠나길 바라는 주인의 배려인지 어떠한 인기척도 없다. 고요한 정원에 앉아 한참 사색에 잠겼다가 일어났다. 이름 모를 알베르게의 앞뜰에서 정화시킨 마음은 다시 움직이는 데 큰 힘이 되었다.

'프로미스타' 도착 직전에 18세기에 만들었다는 수로를 보기 위해 차에서 내렸다. 약간의 오르막을 올라가니 콘크리트 다리와 수문을 조절하는 장치가 보였다. 카스티야 수로였다. 그동안 이 수로는 카리온강과 피수에르가강의 물을 경작지에 나누어 주는 역할을 했단다. 18세기 이후까지도 옥수

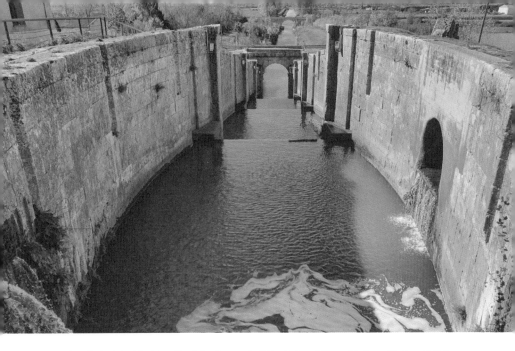

수 방앗간을 돌리는 데 사용했고, 경작물 운송 역할도 했다고 한다. 지금은 예전에 비해 물이 많이 줄어든 상태라는데, 그럼에도 불구하고 내 눈에는 세월이 무색하게 여전히 젊고 힘차게 보였다.

발목은 어제보다 조금 더 아픈 범위가 넓어졌다. 매운 것 같기도 했다. 좋아지려는 명현 현상이길 바라는 마음이 간절하다. 그러나 걱정스럽다. 알베르게에 도착하기 바쁘게 현지 약국에서 산 젤 형태의 근육 이완제로 마사지부터 했다.

오늘 머무는 '프로미스타'는 양고기 요리가 별미란다. 음식 정보를 입수한 여수 형님이 라푼젤 언니와 나를 데리고 레스토랑으로 갔다. 맥주가 곁들여진 양고기 요리를 말이 통하는 사람들과 먹으니 맛보다 분위기에 먼저 빠졌다. 숙소로 돌아갔을 때, 지금의 좋은 기분이 그대로 유지된 채 잠들고 싶다. 알베르게의 열악한 환경과 까칠한 관리자를 피하는 가장 쉬운 방법은 잠자는 것이다.

컨디션이 나쁘니 알베르게의 환경에 따라 기분이 좌지우지된다. 이 순간도 처음 만나는 내 시간인데 하나가 충족되면 또 다른 하나가 아쉽다. 생각을 바꿔야 한다. 나를 통해 이 길을 느끼는 국내의 이웃을 생각해서라도 좋은 마음으로 지금을 즐겨야겠다.

영혼,

내 속의
불사불멸하는 정신

"평생 살 것처럼 꿈을 꾸어라.

그리고 내일 죽을 것처럼 오늘을 살아라."

- 제임스 딘

기적의 메달은 기적을 일으킬 거야

걷기 16일 차 '프로미스타~카리온 데 로스 콘데스' 19.5km 누적 거리 379.5km

"거미줄도 모이면 사자를 묶을 수 있다."

- 에디오피아 속담

어떤 방법으로든 기분 전환이 필요하다. 발목은 여전히 부어 있고 아프지만 맥이 풀려 있으면 나만 손해이다. 출발에 앞서 알베르게 마당에서 기분 전환을 위해 셀프 사진을 찍었다. 엄청난 바람이 다가와 질투를 했지만 무시했다.

'카리온 데 로스 콘데스'로 가기 위해 황량한 메세타 고원을 지나다 경유 마을인 '비얄카사르 데 시르가'에서 바에 들렀다. 바에서는 주로 휴식을 빌미로 커피를 마시지만 오늘은 브런치를 먹기 위함이다. 모르시야, 빵, 안초비와 에스프레소를 주문했다. 전주의 피순대와 모양이 비슷한 모르시야는 내 입맛에 피순대보다 더 감칠맛이 났다. 바게트 위에 절인 안초비를 올려 먹는 맛은 또 어떠한가. 다른 빵과의 맛 비교를 거부할 만큼 별미이다. 거친 빵에 짭조름한 안초비가 더해져 균형 잡힌 맛을 내는데 여러 개를 먹어도 질리지 않는다. 발목의 통증을 빌미로 며칠 차로 이동하니 중간 마을 바에서 커피를 마시는 시간이 순례자나 현지인과 소통하는 시간이다.

이 마을 중앙에는 13세기에 템플기사단이 세웠다는 산타 마리아 라 블랑카 성당이 있다. 큰 건물이 투박해 보이지만 장미창은 건물의 분위기와 달리 아름다웠다. 어디를 가나 성당의 조각 장식이 아름다운데 이 성당의 장미창은 특히 더 그렇게 보였다. 성당 안에는 템플기사단의 무덤과 알폰소 10세의 동생 돈 펠리페와 그의 아내 도냐 레오노르의 무덤이 있었다. 기억하고 싶어 이쪽저쪽으로 다니며 사진을 찍지만 피사체가 모두 사진으로 들어오지 않았다. 할 수 없다. 이럴 땐 눈에 담아 가는 게 최고이다.

오늘 머무는 도시는 꽤 큰 곳이라 약국이 있다고 한다. 일찌감치 마을로 들어와 약국을 찾아가다 등교하는 아이와 엄마를 만났다. 입학 시기가 아님에도 다 큰 아이와 동행하는 엄마의 모습을 우리나라 기준으로 보니 낯설다. 이곳에서는 학년과 관계없이 초등학생 자녀는 부모가 등하교시키는 게 의무란다. 나의 국민학교(현 초등학교) 시절이 소환되었다. 학교에 막 입학했을 때 우리 엄마도 내 손을 잡고 학교까지 데려다주었다. 그때 난 왼쪽 가슴에 손수건을 접어 달고 엄마 손을 잡고 달랑거리며 걷곤 했다. 이제야 비로소 알겠다. 잡고 있던 엄마 손의 온기는 사랑이었고, 사랑 표현에 서툴던 엄마의 진한 마음이었다. 그러니 저 조그만 아이는 지금 얼마나 행복할까.

수녀원에서 운영하는 7유로짜리 알베르게에 들었다. 창문 장식이 스테인드글라스는 아닌 것 같은데 특이하고 아름답다. 개인이 운영하는 것을 제외한 대부분의 알베르게는 도미토리 형태만 운영한다. 그런데 이곳은 1인용 단층 침대가 있었고, 주방 시설이 깔끔하고 좋았다. 순례자는 경비를 아끼기 위해 숙소에서 직접 식사 해결을 하는 경우가 많다. 그런 만큼 주방 시설이 좋으면 음식 준비도 수월하다.

나는 걷는 게 불편해 특별한 경우가 아니면 가성비 좋은 순례자 메뉴를 사 먹는다. 별미가 있는 지역에서는 별미 식사의 즐거움도 놓치지 않는다. 거의 한식만 먹던 내 입맛에 음식이 맞지 않을까 봐 걱정했으나 기우였다. 이곳의 식문화에 길들여져 은근히 식사 시간을 즐긴다.

배낭을 배정된 침상에 놓기 바쁘게 사무실로 세요를 받으러 갔다. 그런데 수녀님 책상 위에 기적의 메달이 담긴 바구니가 있는 게 아닌가. 뚫어지게 그것만 바라보았다. 그러자 내 옆에 서 있던 순례자가 자랑스럽게 자신의 팔을 쭉 내밀었다. '파리'에 있는 기적의 메달 성모 성당을 방문했을 때 기적의 메달 팔찌를 구입했단다. 크고 중요한 수술을 받은 지인에게 저 메달을 선물하면 엄청 기뻐할 것 같았다. 수녀님께 간절한 눈빛으로 계속 텔레파시를 보냈다.

"원하세요?"

"네."

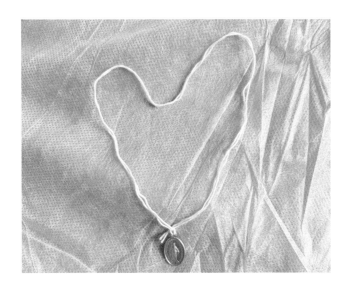

야호~! 엄청 좋아할 천주교 신자인 이웃의 웃는 얼굴이 눈에 선하다.

숙소에서 내 발목 상태를 알게 된 또 다른 순례자의 새로운 약이 등장했다. 나중에 발목이 좋아지면 현지인과 여러 순례자의 비법과 약을 사용했기에 어느 것 때문에 좋아졌는지 알 수 없을 것이다.

점점 불편한 생활에 익숙해진다. 와인이 곁들어진 순례자 메뉴를 먹고, 습관처럼 짐을 싸고 풀기를 반복하고, 자연스레 귀마개를 하고 잠이 든다. 새로운 날을 기대하면서.

아마르기요, 스페인의 동전 시루떡

걷기 17일차 '카리온 데 로스 콘데스~테라디오스 데 로스 템플라리오스' 27km 누적 거리 406.5km)

"카르페 디엠(Carpe diem, 현재를 즐겨라)."

- 호라티우스

순례길의 중간 즈음에 위치한 까닭에 산티아고의 심장이라 불리는 '카리온 데 로스 콘데스'를 떠나는 날이다. 날씨는 맑았으나 여우비가 내렸고 드센 바람은 걷잡을 수 없이 거칠었다. 어쩔 수 없이 오늘도 차로 이동하기로 했다. 발 상태를 살폈다. 걷기는 어제와 비슷하게 버겁지만 발목의 부기가 조금 빠져 보였다. 좋은 징조일 것이다. 상황을 봐야 되지만 웬만하면 내일부터는 천천히 걸어야겠다. 걷겠다고 길 위에 선 도보 여행자는 걸을 만하면 무조건 걷는 게 옳다.

어제 알베르게에서 이 동네에 유명한 빵집이 있다고 들었다. 먼 이국을 어렵게 와서 유명하다는 빵 하나 못 사 먹을 내가 아니다. 빵집 문 여는 시간을 고려해 평소보다 조금 여유롭게 알베르게를 나섰다. 늦게 가면 다 팔려 살 수 없다는 쿠키 아마르기요를 사기 위함이었다.

꼭 우리나라의 500원짜리 동전만 한 크기였다. 쿠키라는데 막상 먹어보니 빵인지, 떡인지, 과자인지, 캐러멜인지 헷갈리는 식감이다. 쫀득함이 우리나라 시루떡과 비슷한 이것이 왜 유명한지 이해되지 않았다. 백설기를 먹는 것 같이 익숙했다.

날씨 탓인지 을씨년스럽게 느껴지는 길을 따라 이동했다. 가끔 웅숭그린 채 걷고 있는 순례자들이 보였다. 이럴 땐 차로 이동하는 내가 송구스럽다. 중간 마을에서는 짐을 자전거 뒤에 싣고 달리는 순례자와 마주쳤다. 가리비가 자전거 뒤에 매달려 달랑거렸다. 자신이 순례자임을 표시한 것이다. 항상 느끼지만, 자전거 순례자는 걷는 순례자보다 유쾌해 보인다. 서양 남성의 크고 날렵한 체격이 자전거와 한 몸으로 달리니 생동감이 느껴져 보기도 좋다.

오늘 머무는 지역은 마트도 편의 시설도 없는 작은 마을이다. 조용한 동네를 홀로 산책하다 공터에 서 있는 이동 도서관 버스를 발견했다. 우리나라에서는 이동 도서관이 농어촌처럼 책을 접하기 어려운 문화 소외 지역을 주로 다니는데 스페인도 비슷한 것 같았다. 반가움에 무작정 올라타 인사를 한 후 이동 도서관을 둘러보았다. 나를 한국에서 온 사서라고 소개하니 순례길의 사서가 반가워했다. 우리는 서로 마주 보며 활짝 웃었다.

길 위에서, 알베르게에서, 바에서 다양한 국적의 사람과 만나고 헤어지는 비슷한 일상을 반복한다. 어느덧 일정이 중반으로 접어드니 사람들의 면면이 보였다. 나이와 상관없이 닮고 싶은 사람이 있는가 하면 절대 닮고 싶지 않은 사람도 있다. 내 생각이지만 다른 누군가 또한 나를 평가하고 있을 것이다. 부디 꼴불견 순례자로 보이지 않기만을 바란다. 세상에는 별별 사람이 다 있음을 이곳에서 자주 느낀다.

라푼젤 언니와 알베르게의 바에서 산미구엘 맥주를 마시며 살아가는 얘기를 나눴다. 나는 누군가를 부를 때 항상 직함을 호칭으로 사용하던 사람이다. 그런데 순례길에서 만나 친하게 된 라푼젤 언니는 달랐다. 처음부터 언니란 말이 자연스럽게 나왔다. 나도 모르게 그녀에게 스며들었나 보다. 마치 내 친언니 같았다.

스페인의 한적한 시골에서 마시는 필리핀 맥주가 맛났다. 조금 파고들자면 산미구엘 맥주는 필리핀이 원산지이나 탄생 배경이 스페인과 통해 있다. 필리핀이 스페인의 식민지 시절이던 1890년에 설립되었으니 말이다. 그 당시 산미구엘 맥주 공장은 스페인 사람이 만든 필리핀 최초의 양조장이었다. 그 때문인지 스페인 국왕 알폰소 13세는 '산 미겔의 독수리'라는 칭

호도 부여했다. 이런 일련의 관심 속에 산미구엘은 세계적으로 유명한 맥주가 되었다. 그 덕에 스페인의 조그만 마을에서 나도 지금 마시고 있다. 말이 통하는 사람과 함께여서 더 입에 붙는다.

오늘도 어김없이 이웃의 응원이 이어졌다. 이것은 언제나 없던 기운도 생기게 한다. 끝까지 지치지 말고 잘해 나가자.

과거의 영광을 되새기려니 숨이 가쁘다

걷기 18일 차 '테라디요스 데 로스 템플라리오스~엘 부르고 라네로' 29km 누적 거리 435.5km

"인생에는 되감기 버튼이 없다."

- 백남준

예전에 볼리비아의 우유니 소금 사막에서 엄청난 일몰을 만나 감탄한 적이 있다. 비가 내려 소금물 바다처럼 된 곳에 하늘이 비치면 거울을 보고 있는 것 같은 착시 효과를 일으켰다. 그런 까닭에 소금 사막을 세상에서 가장 큰 거울이라 불렀고, 그곳에서 만났던 일몰은 환희로웠다. 그런데 오늘 아침, '테라디요스 데 로스 템플라리오스'를 떠나며 굉장한 일출을 만났다. 우유니 소금 사막의 일몰만큼 강렬했다. 나약해진 내게 자연이 보내 준 위안이자 선물 같아 어깨를 으쓱였다.

길은 순탄하다. 향수를 불러일으키는 미루나무가 줄지어 서 있고, 참새떼가 무리 지어 움직이는 시골길의 평화는 내 고향 마을의 신작로 같다. 나이가 들고 보니 더욱 그렇다. 아스라한 어린 시절의 기억 한 자락은 치유의 손길이다. 마음속 생각 주머니에서 어린 날의 추억을 조금 꺼내 누군가와 마주 앉아 두런거리고 싶다. 쓸쓸하기 때문에 더 그런지도 모르겠다. 이런 기분은 컨디션의 난조로 이어질 수 있기에 기분을 전환시킬 무언가가 필요하다.

'사아군'을 지나는데 화려한 산 베니토 아치가 눈에 들어왔다. 당시의 수도원 규모를 짐작할 수 있을 만큼 크고 화려했다. '사아군'이 수도원 도시였음을 알게 하는 이 아치는 중세의 산 베니토 왕립 수도원이 만든 건축물이란다. 그러나 예전의 수도원 건물은 번성했던 당시의 영광만 남기고 흔적도 없이 사라졌다.

　순례길 위에서 나도 모르게 생각이 많아졌음을 느낀다. 길의 역사를 알아갈수록, 문화에 젖어 들수록, 마을을 거쳐 갈수록 다양한 생각이 들어온다. 이곳에서도 그랬다. 수도원 도시였음을 알게 된 이후 마음이 불편했다. 예전의 번성을 간직한 산 베니토 아치는 묵묵히 말이 없는데 지나가는 길손은 그것을 바라보는 눈길에 심란함을 담았다. **기다려주지 않는 시간을 앞에 두고 그 시간을 거슬러 올라 과거의 영광을 되새기려니 숨이 가쁘다. 그래서 지금을 잘 살아야 한다.** 세월의 무상함을 느끼고 또 느낀다.

'엘 부르고 라네로'는 작은 마을이었다. 우중충한 날씨에 도착했건만 오늘 머물 기부제 알베르게는 난방이 안 되는 곳이란다. 이 날씨에 난방이 안 된다 하니 맥이 풀렸다. 열악한 숙박 환경에 마음도 심란했다. 창틀에는 죽은 파리가 널브러졌고, 샤워장은 빨지 않은 걸레를 묵힌 것 같은 퀴퀴한 물비린내를 뿜어댔다. 엎친 데 덮친 격으로 알베르게를 관리하는 자원봉사자까지 퉁명스럽다. 지금까지 거쳐온 알베르게 중에 이보다 더 열악한 곳이 있었던가. 그러거나 말거나 순례자는 쉬지 않고 들어왔다. 이나마도 확보되어 감사하다고 마인드 컨트롤을 하는 것 말곤 다른 방법이 없다.

짐 정리를 대충 하고 주섬주섬 옷을 껴입고 마트로 향했다. 이런 날씨엔 뜨끈한 국물이 최고이다. 밀가루와 야채 몇 가지를 사 갖고 돌아와 수제비를 끓였다. 주위의 몇몇 사람과 저녁 식사를 함께하는데 연신 찬사가 끊이지 않았다. 기분이 좋아져 남몰래 마음속으로 중얼거렸다.

'아무렴. 경력 30년이 넘는 주부의 손맛을 너희들이 알겠어? 이런 날씨엔 수제비를 따라올 메뉴가 없다고.'

깊어가는 가을을 맞이하니, 바람에 쓸리는 가랑잎처럼 마음이 흔들린다.

낯선 땅에서 부황을 뜨고 사혈을 할 줄이야!

걷기 19일 차 '엘 부르고 라네로~만시야 데 라스 무라스' 19km 누적 거리 454.5km

"건강과 젊음은 그 두 가지를 잃고 난 뒤에야 고마움을 알게 된다."

- 아라비아 속담

슬리퍼를 신고 움직인 지 일주일이 되었다. 가볍다는 게 가장 큰 이유였다. 그 바람에 끈을 꼭 묶으면 통증이 느껴지는 트레킹화는 배낭에 매달려 공중그네를 타며 여유를 부렸다.

여러 날을 차로 이동하는 동안 전 부장과 수다 떠는 게 익숙해졌다. 이 사람은 양파 껍질 벗기듯이 알면 알수록 인간적인 면이 더 튀어나온다. 순례길을 여러 번 걸어 본 사람답게 맛있는 커피를 제공하는 바와 맛집을 꿰고 있다는 것도 도움이 된다. 방문 지역마다 보이는 면면에 대해 잘 알고 있어서, 그에 대해 설명을 듣는 재미도 있다. 마치 내 전속 개인 가이드와 함께 여행하는 것만 같다. 걷지 않고 계속 차로 이동하는 게 더 재미있을 것 같다는 농담을 할 정도로 케미도 잘 맞았다. 다리는 비록 문제가 생겨 걸을 수 없으나 입은 수다 떠는 데 지장이 없으니 별의별 얘기를 다 나누는 것이다.

오늘 들어간 바는 젊은 직원이 친절했다. 에스프레소와 뜨거운 물을 함께 주며 커피 농도를 조절하라는 말까지 잊지 않고 덧붙였다. 순례자에 대한 배려라고 여기지만 기분이 좋아지는 서비스이다. 점심은 김 대리의 추천으로 고기 맛집에서 먹었다. 한국인의 입맛에 안성맞춤인 소고기 요리가 푸짐하게 나왔다. 육류를 좋아하지 않는 내 입에도 맛있다고 느껴지는 걸 보면 요리사의 손맛이 좋은가 보다.

전형적인 가을 날씨 속에서 퍼지는 햇살이 아름다워 탄성이 나왔다. 기온은 떨어졌으나 날씨가 맑고 바람도 잔잔하다. '만시야 데 라스 무라스'에 들어서니 마을의 느낌이 평화롭다. 사방으로 보이는 성당의 종탑도 이런 내 느낌에 한몫을 했다. 순례길 위에서는 어느 마을에서나 종탑이 가장 먼저 눈에 띈다. 이젠 종탑을 보고 걸으면 마음이 편안하다.

알베르게는 특별했다. 다리 아픈 순례자가 들어오면 봉사자가 무료로 마사지를 해 준단다. 마치 나를 위한 서비스 같았다. 김 대리의 주선으로 집시 분위기의 여성에게 아픈 부위를 마사지 받았다. 내 다리 상태의 심각성을 알게 된 봉사자는 약간의 돈을 내면 부황을 뜨고 사혈까지 해주겠단다. 걸어야 할 발이 고장 난 지금의 내 처지는 절박하다. 그렇기에 다리가 좋아진다면 찬밥 더운밥 가릴 때가 아니다. 하지만 부황과 사혈이 어떤 것인지 알고 있는 내가 처음 만난 서양인에게 이 치료를 받으려니 망설임과 긴장감이 동시에 몰려왔다. 눈치 빠른 알베르게 주인이 재빨리 일어나 벽에 걸린 커다란 톱을 꺼내 들었다. 그러더니 다리를 잘라서 다시 붙여야 한다는 농담으로 긴장을 풀어주었다. 내 표정을 읽었나 보았다.

한국인인 내가 스페인의 한적한 길 위에서 근본을 알 수 없는 서양 여성으로부터 동양 의술을 시술받았다. 부황을 뜨고 사혈을 한 것이다. 아직도 왼발은 모스 부호 같은 통증으로 끊임없이 이상한 신호를 보내고 있다. 그

만큼 했으면 놓아줄 만도 하건만, 검지 쌤 표현대로 관심받고 싶은 내 다리
는 사랑이 필요한가 보다.

요슈타인 가이더는 말했다. "행복이란 하늘이 푸르다는 사실을 발견하는
것만큼이나 단순하지 않을까?"라고. 그렇다. '단순하게'가 핵심이다. 깊이
생각하지 않고 단순하게 받아들이기로 했다. 서양인이라는 이유만으로 왜
곡 해석하지 말고 모든 게 나를 위한 것이라고 생각해야겠다. 내 삶 곳곳에
축복의 손길이 닿아 있어 이렇듯 생각지도 못했던 도움을 받는 것이라고.

나는 하루라도 더 걷고 싶은 소망이 있다. 건강한 다리로 안 가 본 땅을
걸어 보고 싶고, 모르던 산과 들판을 만나고 싶다. 조금 고될지라도 그 과
정을 즐기고 싶고, 삶의 기쁨을 느끼고 싶다. **신체 건강한 노후가 성공한 인
생임을 잊지 않으려다. 순간을 즐기며 누리는 만족감! 이것이 사는 맛이다.**

이렇게 담백한데 가우디 작품이라고?

걷기 20일 차 '만시야 데 라스 무라스~레온' 18.5km 누적 거리 473km

"산을 움직이려 하는 이는 작은 돌을 들어내는 일로 시작한다."

- 공자

로마의 군사 도시였다가 서고트족과 이슬람의 지배를 거쳐 크리스트교의 메카가 된 '레온'으로 들어가는 날이다. '레온'은 역사 유적이 가득한 유네스코 세계 문화유산의 도시이기도 하다. 이곳에서는 꼭 보려는 건축물이 있다. 가우디의 카사 데 보티네스 저택과 레온 대성당이 그것이다.

카사 데 보티네스 저택은 가우디 특유의 현란한 부드러움을 찾을 수는 없었으나 담백하고 중후했다. 묵직해 보이는 건물에서 가장 먼저 눈길을 끈 것은 출입문 위의 장식과 그 위의 조각상이었다. 아름답게 꼬인 철제 출입문과 담장도 인상적이었다. 선대가 모두 주물을 다루었다더니 가우디 역시 그 핏줄임에 틀림이 없었다. 쇠 다루는 기술이 엿가락을 구부려놓은 듯 정교해 눈을 뗄 수 없으니 말이다.

출입문 아랫부분과 담장 윗부분을 뾰족하게 처리한 것은 외부인 출입 금지를 선언하는 것 같았다. 어린 시절 우리 동네 부잣집의 높디높은 울타리 위에 둘러쳐 있던 철조망이 연상됐다. 날카롭게 박혀 있던 초록색과 갈색의 유리 조각도 떠올랐다. 저택의 뾰족한 끝마무리를 장식의 영역으로 받아들이지 못함은 내 기억 저편에 자리 잡은 추억 속 어느 한 조각 때문인가 보다.

건물 살피기에 집중했다. 미술사학자 유홍준 선생이 말했던 "아는 만큼 보인다."는 명언을 실천하기 위함이다. 그러나 눈에 보이는 것은 모두 흡수하고 이해하려 했으나 역부족이었다. 그럼에도 불구하고 이 시간이 소중하다. 내 스타일로 해석하며 가우디를 만나 즐기는데 시간은 왜 이리 빨리 지나갈까.

볼 것이 많은 도시의 하루는 너무 짧다. 카사 데 보티네스 저택을 나와 2011년에 유네스코 세계문화유산으로 등재된 레온 대성당 앞에 섰다. 레온 대성당의 스테인드글라스는 석양에 비치는 신비롭고 성스러운 빛으로 유명하다. 어떤 빛일지 상상이 되지 않아 기대와 설렘에 가슴이 두근거린다. 지금 성당에 들어가면 석양이 빛으로 투과되고 있을 것이다.

성당은 완공까지 수백 년이 걸렸다고 한다. 이렇듯 가우디의 작품은 대개 몇백 년에 걸쳐 완공되면서 예술품으로 승화한다. '빨리빨리' 문화에 익숙한 나는 감탄 말고는 할 것이 없다. 성당 안은 어두침침했다. 익숙해질 때까지 기다렸다가 사방을 둘러보았다. 어찌 이리도 화려하단 말인가. 천상의 세계를 옮겨다 놓은 듯 스테인드글라스를 통해 들어오는 다양한 빛의 조화가 신비롭다. 120여 개의 스테인드글라스 창문과 둥근 창, 장미 문양 창문 등 아주 많은 창들이 모두 13세기에 제작된 진품의 유리 예술 작품이란다. 마음이 고요하다. 빛으로 뿌려지는 신의 은총을 온몸으로 받으며 천천히 둘러보았다. 가슴이 뛰었다. 내 삶의 완성을 향해 가는 시간 속에 이

자리가 포함된 것이 다행스러웠다.

　이곳에서는 성가대석도 자세히 보아야 한다. 스페인에서 가장 오래된 것이라는 성가대석은 정교하기가 이루 말할 수 없다. 보이는 모든 것이 예술품이라 자칫 상대적으로 덜 화려한 성가대석 보기를 놓친다면 레온 대성당을 모두 보았다고 말할 수 없을 것이다.

　오늘은 16세기 르네상스 양식의 병원을 호텔로 개조했다는 파라도르에서 묵는 호사를 누렸다. 파라도르는 오래된 고성이나 수도원 등을 호텔로 개조해 운영하는 국영 호텔 체인이다. 분위기나 규모가 엄숙하고 웅장해 내가 마치 대단한 사람처럼 느껴졌다. 시대를 거슬러 올라간 듯 고풍스러운 로비를 여유롭게 거닐다 사자 문양이 그려진 목가구 한 점을 발견했다. 눈에 잘 띄도록 배치한 것이 유독 시선을 끌었다. 레온 왕국의 문장이 사자인데 그것과 관련된 가구일까 하는 생각이 찰나적으로 스쳤다. 가까이 다가갔다. 목가구 위편에 "SE RUEGA NO TOCAR / PLEASE DON'T TOUCH"라고 적힌 안내판이 붙어 있다. 중요한 가구임에 틀림이 없나 보다.

　볼 것이 많아 오래 걸었더니 발목 통증이 심해졌다. 큰 도시에 왔을 때 병원을 다시 가야 하는 건 아닐까 심각하게 고민 중이다. 산티아고 순례길이 성 야고보에게만 고난의 길이 아니라 동방의 작은 나라에서 온 내게도 고난의 길이다.

'산 마르틴 델 카미노'에서 찾은 내면의 아름다움

걷기 21일 차 '레온~산 마르틴 델 카미노' 25km 누적 거리 498km

"인생의 최고 불행은 인간이면서 인간을 모르는 것이다."

- 파스칼

나는 '인간다운 인간'을 지향한다. 그런 까닭에 '사람 냄새 나는 사람'을 좋아한다. 인간다움은 우리가 살아가는 가치이다. 나만이 느낄 수 있는 사람 냄새는 보이지 않는 바람이고 잡을 수 없는 공기와 같다. 그러나 길 위에만 서면 나만의 방식으로 사람 냄새를 맡는다. 어제도 마찬가지였다. 귀한 공간에 더해 말이 통하는 사람과의 대화에 빠져 평소보다 많이 걸었다. 무리라는 생각을 못할 만큼 즐겼다. 그러는 사이 내 발 상태가 조금 더 나빠졌다. 다시 걷는 게 힘들어져 차로 이동하며 내 입장을 합리화시켰다.

'나는 순례길을 여행하는 여행자이지, 결코 종교적인 순례자는 아니다. 그러니 걷기도, 차를 타기도 할 수 있다. 하지만 다른 순례자와 같은 코스를 그들과 똑같은 방식으로 움직일 것이다.'

오늘도 전 부장과 함께 움직였다. 센스 있는 전 부장은 군복에 붙어 있던 자신의 명찰을 삐딱하게 카메라 가방에 붙여 놓았다. 그것이 재미있어 사진을 찍는 순간, 가방과 같은 색깔의 군복을 입은 스페인 군인 둘이 지나갔다. 군인들의 복식은 각 나라마다 그 나라의 지형에 맞는 색깔을 사용한다. 그러므로 스페인의 군인들은 먼지 많은 이곳의 지형에 맞는 색깔의 옷을 입을 수밖에 없다. 우리나라 군복과 확연히 다른 색깔이지만 멋스러웠다.

요즘의 즐거움은 바에서 마시는 커피 한 잔이다. 지칠 때 즈음 바를 만나면 얼굴에 화색이 돈다. 그곳에서 사람들과 웃고 떠들기도, 에스프레소의 쏩쓰레한 맛에 압도된 채 조용히 책을 읽다 일어서기도 한다. 오늘도 그랬다. 인상 좋은 젊은 바리스타가 내린 커피 맛이 입에 감겼다. 첫 모금의 쌉싸래함이 마음에 들어 엄지를 올리며 웃었더니 젊은이도 따라 웃었다. 자신이 직접 쓰고 그린 듯한 티셔츠를 입은 젊은이의 분위기가 상큼했다. 역시 젊음은 때와 장소를 가리지 않고 어디서나 빛이 난다. 흐린 날씨에 여우비까지 뿌려서 우울했는데 젊은이의 웃음이 마음 날씨를 맑음으로 바꿔놓았다.

목적지 '산 마르틴 델 카미노'는 아주 작은 마을이다. 대부분의 순례자가 지나치는 곳이라 그런지 마트도 레스토랑도 문을 닫아 생필품을 살 곳이 없다. 순례길 위의 겨울은 찬바람만 가득해 거개의 알베르게나 레스토랑이 문을 닫는다. 그래서 순례자들이 힘들어하는 계절이란다. 하지만 발상을 전환하면 자기에게 빠져 걸을 수 있는 가장 호젓한 계절이란 의미가 된다. 실제로 겨울을 선호해 일부러 추운 계절에 걷는 순례자도 꽤 있다고 한다.

날씨는 을씨년스럽고 모든 것이 멈추었다. 그나마 다행인 건 오늘 머무는 알베르게가 닫았던 문을 다시 열었다는 것이다. 그래서일까, 방 안의 냉랭함이 뼛속까지 파고들었다. 약하게 돌아가는 난방기만으로는 한기를 몰아낼 수 없었다. 비니를 쓰고 목도리를 하고 장갑을 낀 채 오늘을 기록했다. 전쟁 피난민이 이런 모습일 것 같아 혼자 픽 웃었다.

저녁을 먹으러 나가다 알베르게 마당에서 청포도 한 송이를 땄다. 들어올 때 이미 주인이 허락했기에 주변 눈치 보지 않고 행동했다. 제일 크고 잘생긴 것으로 땄지만 끝물이라 그런지 모양새가 볼품없다. 그러나 맛과 향이 좋아 얼굴 가득 미소가 번졌다. 예상치 못했던 달콤함과 부드러움이 입안을 가득 채웠다. 겉모습으로 모든 것을 평가하려 드는 경솔을 경계하라는 알림 같아 마음에 담아 두었다. 속이 시원했다. 볼품없던 포도송이의 반전 맛에 기분이 올라갔다. 을씨년스러움이 날아가고 추위도 주춤거렸다. 갑자기 찾아온 즐거움과 어울려야겠단 생각에 얼른 내 자리로 돌아가 덧옷을 겹쳐 입고 나왔다. 몸이 따뜻하면 마음도 따뜻해지는 것 같기 때문이다.

나는 여전히 삶의 무게를 벗어던지고 인간답게 살 수 있기를 바란다. 이 길도 그렇다. 내가 원해서 나선 길이니 불편함도 고통도 내 몫임을 알고 있다. 그렇기에 모든 것을 받아들이려고 노력한다. **앞으로도 세상과 소통하며 제멋에 겨워 나답게 살 것이다. "물이 깊을수록 소리가 없다."라는 속담을 되새기며 내 안의 나를 만나 우리의 이야기를 나눌 것이다. 이것이 내가 살아가는 세상의 이치인 인문이고 인간다움이다.**

또 가우디를 만났다. 그런데….

걷기 22일 차 '산 마르틴 델 카미노~아스토르가' 23.5km 누적 거리 521.5km

"직선은 인간의 선이고, 곡선은 신의 선이다."

- 안토니 가우디

가끔 하루의 시작이 경이로울 때가 있다. 오늘 역시 국내에서는 보기 드문 일출을 만났다. 그러나 곧 일몰처럼 몰려온 비구름에 아쉽게도 황홀경이 금세 덮여버렸다. 계속 흐렸다. 커다란 태극기로 배낭을 감싸고 걷는 우리나라 젊은이를 만나기 전까지는 내 기분도 날씨를 따라다녔다. 순례길에서 만나는 대한민국 젊은이는 우리나라의 미래이다. 무한한 가능성을 보는 것 같아 반갑고 기분이 좋아진다. 그러나 배낭의 크기를 보면 안쓰럽기도 하다. 포기하지 말고 끝까지 자신의 생각을 펼치라고 엄마 마음으로 바람 한 자락을 길 위에 깔아 놓았다.

‘아스토르가’를 가기 위한 경유 마을 ‘오스삐탈 데 오르비고’에 닿았다. 이곳에는 로마 시대에 처음 축조된 후 여러 시대를 걸쳐 보수 공사를 한 아름다운 돌다리가 오르비고강 위에 놓여 있다. 19개 아치로 구성된 이 다리는 프랑스길에서 가장 긴 석조교인 명예로운 걸음의 다리이다. 이 다리는 세르반테스에게 풍자 소설 『돈키호테』를 쓸 수 있는 영감을 주었고, 중세 ‘레온’ 출신의 기사 돈 수에로가 사랑의 약속을 지키기 위해 결투를 치른 이야기가 전해지는 바로 그 다리이다.

‘돈 수에로는 연인과 사랑의 표시로 매주 목요일마다 목에 칼을 차고 다니기로 약속했다. 약속을 어기면 300개의 창을 부러뜨리거나 오르비고강 다리 위에서 한 달 동안 결투를 하겠다고 서약도 했다. 그러나 그는 시간이 흐르며 서서히 지쳐 갔다. 하는 수 없이 왕께 싸움을 허락해 달라고 요청했다. 유럽의 기사들에게 자신이 목의 칼을 벗을 수 있게 도와달라는 요청도 했다. 이에 기사들이 그와 결투를 했고, 성 야고보의 축일을 제외하고 한 달간 싸움이 이어졌다. 수많은 창이 부러지고 부상자도 생겼다. 한 명은 끝내 사망까지 했다. 이런 일련의 과정을 거친 후, 마침내 돈 수에로는 목의 칼을 벗게 되었다. 그 이후 그는 자유의 상징이 된 목 칼에 은도금을 하고 야고보에게 바치기 위해 '산티아고'로 순례를 떠났다.'라는 내용의 사랑 이야기였다.

이곳에서 들은 풍문은, 산티아고 대성당에 돈 수에로가 바친 목 칼이 보존되어 있다는 것이다. 돈 수에로가 벌인 결투를 기리는 축제도 매년 6월 첫 주말에 이곳에서 열린다고 한다.

매력적인 풍경의 '아스토르가'는 다양한 예술과 문화유산과 건축물이 남아 있는 도시이다. 에스빠냐 광장을 지나다 시청 건물에서 시계탑을 보았다. 청사의 중앙 꼭대기에 조성돼 눈에 잘 띄기도 하지만 서사 또한 흥미로웠다. 시계 제작을 의뢰받은 장인이 '아스토르가' 사람의 인색함이 싫어서 정시에만 종을 치도록 만들었다는 게 그것이다. 정말 정각이 되자 여자와 남자 조형물이 나와 시간에 맞는 개수의 종을 치고 얼른 들어갔다.

시청 광장을 가로지르면 산타 마리아 대성당이 나오고 그 오른쪽에 아스토르가 주교관이 있다. 산타 마리아 대성당은 이곳에서 가장 중요한 건축물로 파사드와 내부의 석조 기둥이 인상적이다. 또한 파사드의 정교함과 아름다움은 놓칠 수 없는 볼거리이기도 하다.

주교관은 가우디가 설계한 현대식 건축물로 유럽의 성 같은 외관과 뾰족한 첨탑이 아름답다. 그러나 기대가 크면 실망도 크다. 이 주교관은 건축할 당시, 아스토르가 교구 측과 가우디 측이 갈등을 거듭했다고 한다. 이에 결국 가우디가 공사 도중 도면을 불태우고 공사를 포기해버렸다. 그 때문인지 지하부터 2층까지는 가우디의 작품이고, 3층은 현지 건축가 리카르도의 작품이 돼버렸다. 그럼에도 불구하고 이 건축물은 여전히 가우디의 작품으로 홍보되고 있다. 주교의 거처로 건축되었으나 현재 카미노 박물관으로 사용되고 있다.

'아스토르가'에서는 향토 음식 코시도 마라카토를 먹어봐야 한다. 일반적인 서양 식문화는 수프를 먹은 후 고기를 먹지만, 이 음식을 주문하면 고기가 먼저 나오고 수프는 나중에 나온다. 역사적인 배경을 알면 그 까닭을 수긍할 수 있다. 식사 중에라도 적군이 나타나면 뛰쳐나가 전투를 벌여야 하는데, 수프를 먹다 나가면 힘이 없어 사력을 다해 싸우지 못한다는 것이 그 이유였다. 기력이 부족했기 때문이란다. 그때부터 시작된 코시도 마라카토의 거꾸로 식사 방식은 지금도 유지되고 있다.

이 음식을 먹기 위해 라푼젤 언니와 맛집으로 알려진 레스토랑을 찾아가니 현지인이 모든 자리를 차지해 빈자리가 없다. 그러나 홀을 둘러보다 전 부장과 김 대리를 발견했다. 이들과 합석해 즉석에서 전 부장의 깜짝 생일 파티를 열었다.

일면식도 없는 현지인들에게 양해를 구하고 조그만 케이크에 촛불을 붙이니 모두가 한마음으로 축하 노래를 불러주었다. 행복해 보이는 전 부장의 표정에 내 마음이 덩달아 행복했고, 근사한 시간은 쏜살같이 흘러갔다.

태극기를 삶의 무게처럼 짊어지고

걷기 23일 차 '아스토르가~라바날 델 카미노' 23.5km 누적 거리 545km

"인생에서 가장 큰 영광은 넘어지지 않는 것에 있는 것이 아니라
매번 일어선다는 데 있다."

- 넬슨 만델라

깜깜하다. 이젠 7시가 첫새벽처럼 느껴진다. 외부 기온에 적응이 안 된 채 밖으로 나오니 추위에 놀라 살갗에 소름이 돋았다. 목덜미를 휘감고 도는 바람이 냉랭한데 이미 자전거 순례팀은 출발했다. 나도 출발을 위해 넥게이터를 올리고 모자를 눌러 썼다.

'라바날 델 카미노'로 향하는 길은 시간이 지날수록 제주도 같은 분위기를 자아냈다. 제주의 1100 도로 같더니, 정리 안 된 비자림 같기도, 비양도의 한적한 어촌 마을 같기도 하다. 돌담으로 이어진 돌집들도 정답다. 특별한 경치는 없으나 길이 담백하니 개운하다. 이 길이 끝나면 기다렸다는 듯이 바다가 나타날 것만 같다.

불현듯 제주가 그립다. 한때 제주의 풍광에 빠져 시간만 나면 그곳으로 날아가곤 했다. 오름에 올라 바람의 작가 김연갑 선생이 사랑하던 거센 바람을 만났고, 시외버스로 중산간 지역을 돌 때면 알아듣지 못하는 할머니들의 제주 사투리에 빠져 시간 가는 줄 몰랐다. 이른 아침 우도에서 자전거를 타고 비양도로 넘어가면 또 어떠했던가. 수평선의 해돋이와 함께 내 안의 불덩이가 함께 토해져 긴 호흡을 할 수 있었다.

집으로 돌아가면 다시 제주로 건너가야겠다. 이 길과 그 길의 색깔이 어떻게 비슷한지 다시 느끼고 싶다.

길도 사람도 차분하다. 경유하는 마을에서는 태극기가 걸렸다는 이유만으로 바에 들어가 커피를 주문했다. 그러나 아쉽게도 입맛에 맞지 않았다. 지금까지 커피 맛이 별로라고 느낀 적이 없었기에 오히려 더 기억에 남는 커피집이 되었다. 우리나라 국기를 문 앞에 걸어둔 까닭이 궁금해진 것은 카페를 나온 지 한참 후였다. 순발력 빵점의 사고력에 어처구니가 없다. 한국인 순례자가 얼마나 많이 지나갔으면 숱한 나라의 국기를 제치고 우리나라 태극기가 걸렸을까. 아니 어쩌면 우리나라를 정말 좋아하는 사람이 주인일지도 모르겠다. 아무튼 나처럼 태극기에 이끌려 들어간 한국인이 꽤 있었을 것이다. 해외에 나가면 모두 애국자가 된다니까.

태극기 청년을 다시 만났다. 함께 걷던 젊은이들과는 헤어졌나 보았다. 커다란 태극기로 감싼 큰 배낭은 여전히 청년을 뒤에서 받치고 있다. 나는 저 기분을 알 것 같다. 내가 길 떠날 준비를 하며 태극기 엠블럼을 배낭에 꿰매던 그때의 감정이 되살아났다. 한국인이라는 자긍심의 발현, 바로 그것이다.

앞뒤로 안고 멘 배낭 무게를 혼자 감당한 채 묵묵히 걷고 있는 젊은이는 한국의 청년이다. 듬직했다. 하지만 삶의 무게를 짊어진 우리나라 젊은이의 전형 같아 마음이 짠해졌다. 나도 저만한 아들을 두고 있는 엄마이기에 내 자식을 보는 듯했기 때문이다.

가을이 깊은 탓일까, 길은 쓸쓸함으로 가득 차 있다. 목적지 '라바날 델 카미노'는 구멍가게조차 없을 만큼 아주 작은 마을이었다. 그러나 이토록 작은 마을에도 성당은 있었다. 12세기 성모 승천 성당이 그곳이다.

평소의 나는 마을에 들어서면 성당을 빼놓지 않고 들렀다. 그런데 어쩌나! 오늘은 숙소에서 쉬고 싶다. 그곳까지 걸어갈 엄두가 나지 않아 애써 못 가는 변명을 만들었다. 내일을 위해 조금이라도 더 다리를 쉬게 해야 한다고. 그렇지만 사람 마음은 종잡을 수 없다. 바로 지금의 내 경우이다. 라푼젤 언니가 성당을 다녀와 들려준 얘기에 안 간 것을 후회했다. 갈까 말까 할 땐 가고, 볼까 말까 할 땐 보는 게 정답인가 보다.

라푼젤 언니가 보여준 사진의 12세기 성모 승천 성당은 작고 낡았다. 외풍을 견뎌낼까 싶을 만큼 헌 벽은 을씨년스러웠다. 예전에는 한국인 사제가 계셨는데 지금은 매우 검소하고 겸손한 사제가 계시더란다. 이 사제는 폭풍우가 다가오면 주민을 위해 종을 울리고 기도를 드린단다. 성당의 내부 사진을 보는 순간 알 수 없는 감동이 내 마음을 쳤다.

이해인 수녀의 시 「길 위에서」를 다시 읽으며 마음을 가라앉혔다.

고요한 희열, 산티아고 순례길

마음의 평안을 빌다

걷기 24일 차 '바라날 델 카미노~몰리나세카' 26km 누적 거리 571km

"아모르 파티(Amor Fati, 운명을 사랑하라)."

- 프리드리히 니체

여전히 흐렸음에도 불구하고 일출은 환희롭다. 가랑비 속에서 사진 몇 컷을 찍고 이동하는데 눈발이 날리더니 갈수록 심해졌다. 안개인지 구름인지 모를 부윰한 공기 속으로 들어갔다. 〈은하철도 999〉를 타러 가는 메텔을 만날 것만 같은 흐릿함이다.

나는 지금 해발 1,505m에 위치한 이라고산의 철 십자가를 향해 가고 있다. 봉긋 솟은 돌무더기 위로 5m 남짓한 높이의 떡갈나무 기둥에 꽂힌 철 십자가. 모든 순례자는 이 앞에서 두 손을 모은다. 철 십자가가 서 있는 자리는 선사 시대부터 영적인 장소였다고 한다. 은둔 수도자 가우셀모가 이곳에 십자가를 세운 이후, 순례자들은 저마다 자기 나라나 마을에서 돌멩이를 하나씩 갖고 와 놓았단다. 돌을 놓으면서 걱정과 번뇌와 미련도 함께 던지는 것이라 여겼다니 얼마나 경건한 마음이었을까. 지금은 돌을 놓던 것에서 더 다양해졌다. 돌은 물론이고 메모, 사진, 기념품 등 자신의 마음이 담긴 물건에 간절한 마음을 담아 철 십자가 앞에 놓고 고개를 숙인다. 나는 보이지 않는 마음의 돌을 꺼내 눈앞의 돌무더기 공간 한편에 놓고, 꺼내 놓을 수 없는 마음의 평안을 빌었다.

얼마나 지났을까, 자욱한 안개 속에서 차분한 마음으로 주위를 둘러보았다. 사람은 누군가 혹은 어딘가에 의지하고 싶을 때가 있다. 스스로 나아갈 길을 모르거나 끝없이 방황할 때 더욱 그렇다. 신의 존재에 경외감을 갖고 경배하고 찬양한다.

　'만하린'으로 내려오는 오솔길 옆에서 독특한 분위기의 집을 만났다. 만하린 산장이라고 했다. 대문 가에는 울긋불긋한 깃발들이 나부끼고, 여러 지역을 안내하는 나무 표식이 어지럽게 배치되어 있는 낡은 집. 그러나 그 어지러움 속에서 기사단을 나타내는 십자가 표식을 찾는 건 그리 어려운 일이 아니다. 강렬한 붉은색의 그것이 가장 눈에 잘 띄는 가운데에 위치해 있기 때문이다. 이 집의 주인은 중세 기사 복장을 하고 있으며, 자신을 템플 기사단의 마지막 기사라고 한단다. 다른 이들의 마음을 읽을 수 있는 신통력까지 갖췄다는 그는 도대체 어떤 사람일까? 불쑥 만나고 싶다는 욕구가 강하게 일었다. 하지만 모든 생각을 바로 실행할 수 없는 신체적인 한계가 있기에 책 한 권을 소환했다. 스콧 피츠제럴드가 쓴 『위대한 개츠비』의 오마주로 읽힌다는 무라카미 하루키의 『기사단장 죽이기』였다.

이 작품의 무대는 '나'의 친구 아버지인 일본 화가 도모히코가 살던 산속 아틀리에이다. '나'는 이곳에서 머무르다 우연히 천장 위에 숨겨져 있던 도모히코의 미발표작 일본화 〈기사단장 죽이기〉를 발견했다. 이 그림이 발견된 이후 '나'의 주위에서는 기이한 일들이 잇달아 일어나 주변 상황을 완전히 뒤바꿔 놓았다. 손에 땀을 쥐게 하는 이 책은 현실과 비현실을 절묘하게 넘나들면서 결국 기사단장이 우리의 이데아(idea)였음을 알게 한다. 그렇다면 혹시 만하린의 마지막 기사는 에고(ego)가 아닐까?

생각이 비약하기 시작하자 화가 디에고 벨라스케스의 〈시녀들〉도 떠오른다. 햇살 잘 드는 화가의 작업실에서 커다란 캔버스를 앞에 두고 그림 그리던 손을 멈춘 채 서 있는 화가. 여기서 화가는 벨라스케스 자신이다. 화가의 뒤쪽 벽에 걸린 거울에는 왕과 왕비가 투영돼 있다. 벨라스케스가 왕과 왕비를 그리고 있었음을 알 수 있는 장면이다. 또한 이 작품 속에는 공주가 모델인 왕과 왕비를 보러 와 있기에 수행하는 시녀들과 개까지 등장한다. 그러나 이 그림에서 눈길을 끄는 건 산티아고 기사단 표식의 겉옷을 입은 벨라스케스이다. 계급 사회였기에 결코 될 수 없었던 귀족을 꿈꾸며 그림 속에서나마 자신을 기사로 표현한 것은 아니었을까? 이 그림을 그릴 때인 1656년은 벨라스케스가 기사단에 입단하기 전이었다. 1659년에 산티아고 기사단에 입단한 후 그림을 다시 가져와 십자 표시를 그려 넣었다고 한다.

산티아고 기사단은 이슬람 교도에 대항하면서 성지 '산티아고'를 향해 가는 사람들을 보호하기 위해 조직된 가톨릭 기사들의 모임이다.

경유지인 '아세보' 마을은 흑요석 지붕과 나무 테라스가 특징인가 보다. 집집마다 아름다운 테라스가 흑요석 지붕을 이고 있다. 노랗고 빨간 꽃들의 만발은 또 어떠한가. 지나가는 내내 얼굴에 미소가 지어졌다.

마을은 고요하다. 그러나 자전거를 타고 산티아고를 향해 가다 이곳에서 생을 마감한 독일인 순례자 하인리히 크라우스를 기리는 자전거 비를 본 순간 전율이 일었다. 그 길을 나는 다리에 문제가 생긴 상태에서 걷고 있는 것이다.

다리가 아파도 풀포(Pulpo)는 먹어야지

걷기 25일 차 '몰리나세카~카카벨로스' 24km 누적 거리 595km

"오늘 적극적으로 실행한 계획은 내일의 완벽한 계획보다 훨씬 낫다."

- 조지 패튼

'몰리나세카'의 알베르게에서 외국인 부부에 대한 평가로 한국인끼리 시끄러웠다. 외국인 부부가 저녁 준비로 주방을 사용하며 갑질을 했다는 것이 소란의 요지였다. 옳고 그름을 떠나 목소리 큰 사람이 이기는 세상인가 싶어 씁쓸했다. 내가 직접 본 게 아니니 듣고만 있는데 한국인들의 목소리가 큰 걸 보면 이들이 이긴 것 같다.

어둠이 가시지 않은 이른 아침, '카카벨로스'로 출발하기 위해 밖으로 나오니 그 외국인 부부가 2층 창가에 앉아 아침을 먹고 있다. 어제의 소란스러움은 차치하고 실루엣으로만 보면 사이좋은 부부의 편안한 식사 모습이다. 이다음 내가 노인이 되었을 때 이 소란스러움을 반면교사 삼아 나이에 걸맞게 처신함을 잊지 말아야겠다.

어둠 속 출발 때문인지 꽉 찬 달님이 여명에도 제집으로 돌아가지 않은 채 그대로 있다. 힘 빠진 나그네를 지켜주는가 싶어 내려다보는 달님을 한참 동안 올려보았다. 그리곤 좋은 징조라고 내 식으로 해석했다.

철로 만든 다리라는 뜻의 '폰페라다'는 카미노 천사 제니퍼가 사는 고장이다. 그녀는 집으로 돌아가며 이 도시에 큰 스포츠 매장이 있다고 위치를 알려 주었다. 중등산화의 무거움을 덜어줄 경등산화 한 켤레를 사기 위해 도착하기 바쁘게 매장부터 찾았다.

발 사이즈 230mm인 내가 신을 트레킹화 찾기는 서울에서 김 서방 찾기와 같았다. 점원은 아동화 사이즈라며 난감해 했다. 그러나 나는 의지의 한국인이다. 눈을 부릅뜨고 신발 찾아 삼만 리를 한 끝에 240mm 트레킹화를 찾아냈다. 콜럼버스의 신대륙 발견에 버금가는 기쁨이었다. 디자인, 색상 등등은 고려의 대상에 끼지도 못했다. 그저 신을 수 있는 신발 사이즈가 있다는 것만으로 좋았다. 더구나 우리나라에도 들어와 있는 유명 브랜드의 경등산화인데 가격까지 적당했다. 천군만마를 얻은 듯이 의기양양했다. 이 신발은 내 발의 수호천사가 되어 줄 것이다. 여전히 잘 걷지 못하지만 가벼운 새 신발을 구할 수 있어서 다행이다. 걸을 수 있는 다리의 상태는 시간이, 발의 추위는 새 신발이 해결해 주리라 기대한다.

천주교 신자라면 그냥 지나치지 못할 크고 작은 성당은 '폰페라다'에서도 계속 만났다. 큰 것보다는 작고 볼품없는 성당에 눈이 더 많이 감은 지극히 개인적인 나의 취향이다. 조금밖에 가지지 못한 자의 어려움을 작은 성당이 대변해 주는 것 같아서 마음이 간다.

산 안드레스 성당 벽을 따라가다 보면 템플 기사단의 성을 만날 수 있다. 8,000㎡의 규모에 일정하지 않은 형태로 망루와 맹세의 탑이 건설됐고, 거대한 성벽에는 열두 개의 탑이 조성되어 있다. 이 탑은 열두 제자를 상징한다. 템플 기사단은 이슬람과의 전쟁에서 목숨을 바치기로 서약한 수도사의 종교 단체로 중세에는 순례자를 지켜주기도 했다.

템플 기사단 성의 내부가 궁금했으나 출입문이 굳게 닫혀 열리지를 않았다. 순례길 위의 성당도 유명하지 않으면 열리지 않았는데 템플 기사단 성도 마찬가지였다. 하는 수 없이 끝에서 끝까지 찬찬히 바라보는 것으로 아쉬움을 달랬다.

태극기 청년을 다시 만났다. 이번에는 여린 풀잎 같은 우리나라 소녀와 함께 걷고 있었다. 딸 같은 소녀와 얘기를 나누다가 강단이 여간 아님을 알게 되었다. 워킹 홀리데이로 출국해 이스라엘에서 지내다 집으로 돌아가는 길에 이 길을 걷는다고 했다. 집채만 한 배낭을 메고 걷는 소녀가 대견스럽다. 내 나라 젊은이를 만나면 왜 이리도 반갑고 기특한지, 주섬주섬 주전부리를 챙겨주고 다시 헤어졌다.

오늘의 목적지 '카카벨로스'는 풀포(pulpo) 요리가 유명한 도시이다. 향토 음식은 그 지방만의 특색과 맛이 있다. 당연히 그곳에서 먹어야 제맛이난다. 이런 생각을 하는 나는 풀포 요리를 놓칠 사람이 아니다. 라푼젤 언니와 들어간 레스토랑에서 제니퍼와 그녀의 남편 그리고 전 부장을 만났다. 반가움에 기념사진을 찍고 그들과 떨어진 창가 테이블에 자리를 잡았다. 풀포 요리는 찜과 구이 두 가지가 있다기에 각각 하나씩 시키고 맥주를 추가했다. 땀과 먼지를 씻어내고 뽀송뽀송한 옷으로 갈아입은 후 먹는 맛난 음식에 웃음이 절로 나왔다. 오랜만에 찾아든 볕으로 하루가 산뜻하더니 저녁 식사까지 깔끔했다.

'행복이 뭐 별건가. 이렇게 맛있는 음식을 말이 통하는 사람과 함께 먹는 게 행복이지.'를 속으로 되뇌었다.

자유,

'기쁨을 찾는 기쁨'의
일상

"걱정을 해서 걱정이 없어지면 걱정이 없겠네."

- 티벳 속담

때 이른 첫눈이 내리다

걷기 26일 차 '카카벨로스~베가 데 발카르세' **26km** 누적 거리 621km

"사랑은 서로를 보는 것이 아니라 같은 방향을 보는 것이다."

- 생텍쥐페리

'카카벨로스' 출발부터 회색빛 날씨가 마음에 걸렸다. 이 길이 고난의 길임을 알리기라도 하는 것처럼 날씨의 변덕이 잦다. 나도 그렇다. 이젠 익숙해질 때도 됐건만 여전히 아침 날씨가 맑으면 기분이 가뿐하고 날씨가 꾸물거리면 우울하다. 오늘은 비 올 확률이 90%라니 영락없이 비를 만날 것이다. 그러나 길에 대한 기대감으로 마음이 부풀어 있다. 목적지인 '베가 데 발카르세'를 가려면 '비아프랑카 델 비에르소'를 거치기 때문이다. '비아프랑카 델 비에르소'는 예전에 TV 프로그램 〈스페인 하숙〉이 운영됐던 도시이다. 전혀 모르는 도시이나 TV를 통해 많이 봐온 터라 마치 잘 아는 곳 같은 기분이 든다.

이곳에서 배우 차승원, 유해진, 배정남 님이 순례자를 위한 알베르게를 운영했다. 그들은 맛난 우리 음식과 안락하고 포근한 잠자리를 제공함으로써 프로그램에서 온기가 느껴지도록 했다. 나도 그때 방문했던 순례자의 기분을 느껴보고 싶었다. 마침 눈에 익숙한 커다란 철제 대문이 열려 있어 기웃거리며 대문 안으로 들어섰다. 내가 이곳을 방문한다는 게 마냥 신기했다. 두근거리는 마음으로 발걸음을 옮겼다. 그런데 어라! 초록 출입문 안으로 들어가면 배우 유해진 님이 씩 웃으며 크레덴시알에 세요를 찍어줄 것만 같은데, 공사용 낮은 가림막이 둘러쳐져 있는 게 아닌가. TV에서 보던 정이 넘치는 〈스페인 하숙〉은 오간 데 없고, 수리 중인 낡은 건물만 을씨년스럽게 서 있었다.

세 배우의 배웅을 받으며 '산티아고'를 향해 떠나는 순례자들이 금방이라도 나타날 것만 같은데 흔적은 어디에도 없다. 그토록 멋지게 보이던 알베르게가 이렇게 낡은 곳이었다니. 우리나라 방송국의 촬영 기술과 편집 능력에 감탄하며 세 남자가 장 보러 나가던 방향으로 발걸음을 옮겼다. 아예 모르는 곳이었다면 바에서 커피 한 잔 마시고 지나갔을 마을이다. 아쉬움에 그들이 햄버거를 사 먹던 바를 찾아가 에스프레소에 곁들여 추로스를 초코 시럽에 찍어 먹고 일어났다.

비가 내리기 시작했다. 마을도 거리도 내 마음도 젖어 들었다. 얼마나 지났을까, 눈 깜짝할 사이에 비는 함박눈으로 형태를 바꾸었다. 첫눈이었다. 그러나 비 온 뒤에 바로 내리는 눈에서 순결함이나 고결함을 찾을 수는 없다. 내림과 동시에 젖은 길 위에서 눈은 금세 스러졌다. 〈스페인 하숙〉을 끝낸 알베르게에서 세 배우의 멋짐을 찾는 것처럼 허망했다.

'베가 데 발카르세'의 알베르게 앞뜰에도 결정체 없는 눈이 하염없이 내렸다. 일기예보에서는 폭설이 내릴 거라고 했다. 다리가 성치 않으니 눈이 내려 기쁘기보다는 걱정이 앞섰다. 움직임이 더 둔해질 것이 분명했기 때문이다. 심란함을 감추기 위해 난로 앞으로 다가갔다. 난로에 불을 지펴 뱅쇼를 끓이던 초로의 프랑스 순례자가 아는 척을 했다. 내 다리에 문제가 생겼고, 통증이 심해 잘 걷지 못한다 했더니 슬그머니 자리를 떴다. 그리고 돌아온 그의 손에는 분홍색 테이프와 가위가 들려 있었다. 자연스럽고 익숙하게 내 다리에 테이핑을 하며 그가 말했다.

"나는 항상 테이핑으로 다리 관리를 해요. 이번이 열다섯 번째 걸음이랍니다. 얘는 4살 때부터 매년 같이 다녔으니 이번이 열네 번째고요."

눈이 아름다운 그의 딸이 뱅쇼를 건네며 웃었다. 알베르게 벽에 걸린 그림 속 여인보다 더 매력적인 이 아가씨는 길 위에서 만난 스페인 청년과 사랑에 빠졌단다. 만난 지 며칠 안 된 젊은이에게 연신 뽀뽀를 해대는 딸과 그녀의 행동을 남의 집 불구경하듯이 바라보는 아버지가 흥미롭다.

카미노길의 순례자는 같은 목적으로 한 곳을 바라보기 때문인지 무조건

적으로 서로를 응원하고 도와준다. 말이 통하고 안 통하고는 그리 중요하지 않다. 표정과 행동으로 모든 것을 알 수 있기 때문이다. 감사하다. 지금의 이 기분이 그대로 다리에 전달돼 빨리 좋아지길 기대한다. 그래서 나도 이들처럼 다른 순례자에게 친절을 베풀고 싶다.

아름다운 눈의 나라, '오 세브레이로'

걷기 27일 차 '베가 데 발카르세~오 세브레이로' 13.5km 누적 거리 634.5km

"희망만 손에 쥐고 있다면 불가능한 일은 없다."

- 크리스토퍼 리브

'베가 데 발카르세'에서의 출발은 아무 문제 없었다. 밤새 내리던 비가 얌전해진 만큼 안도감이 컸고 건넛마을에 내린 눈의 양만 걱정했다. 그런데 '오 세브레이로'가 가까워질수록 진눈깨비가 내리더니 함박눈으로 변해 길에 쌓이기 시작했다. 듣던 대로 '갈리시아' 지방의 날씨 변화는 변덕이 죽 끓듯 했다. '갈리시아' 지방의 첫 마을인 '오 세브레이로'에 들어서며 만난 눈은 나의 도착을 축하라도 하는 듯 군무를 멈추지 않았다. 겨울 왕국인 동시에 아름다운 동화 마을이었다. 그러나 현실은 편하게 걷지 못하는 내가 내일 아침이면 이곳을 떠나야 한다는 것이다. 파울로 코엘료도 이곳에서 걷기를 멈추고 '산티아고'까지 차로 이동했다던데 오죽하면 그랬을까. 그 심정을 이해할 수 있을 것 같다.

주위가 웅성웅성 소란스럽다. 지역 방송국에서 때 이른 폭설을 취재하러 나왔단다. 눈발이 예사롭지 않음은 분명한가 보다.

이 마을에는 산타 마리아 아 레알 성당이 있다. 로마 시대 건축물의 기초 위에 재건축했기에 순례길에서 가장 오래된 성당으로 소개되기도 한다. 이렇게 오래된 성당은 전해지는 전설이 있는 경우가 많다. 이곳도 예외는 아니었다.

독실하지만 가난한 소작농 한 명이 눈보라를 뚫고 미사에 참석했는데, 오만한 사제는 멸시의 눈초리로 농부에게 빵과 포도주를 건넸다고 한다. 그 순간 빵과 포도주는 그리스도의 살과 피로 변했고, 성당 안의 마리아상도 이 기적적인 광경에 고개를 기울였단다.

이 전설과 관계있는 성배 '최후의 만찬'이 성당의 안쪽 가장 눈에 잘 띄는 장소에 놓여 있었다. 불현듯 바그너의 오페라 〈파르지팔〉이 생각났다. 댄 브라운의 소설 『다빈치 코드』처럼 소설과 영화의 소재가 되어온 성배 전설을 바탕으로 만든 음악극이기 때문이다.

성배를 바라보다 눈을 돌렸다. 전시된 세계 각 나라의 언어로 된 성경 속에 한글판 성경이 있었고, 순례자의 기도문 속에는 한글로 쓴 〈순례자를 위한 축복 기도〉가 있었다. 마음이 짜릿했다.

   이 성당에는 돈 엘리아스 발리나 샴페드로 사제가 잠들어 계신다. 이 분
은 순례길을 연구하고 카미노길의 상징인 노란 화살표를 처음 고안한 분이
다. 그런데 성당 마당의 사제 흉상엔 눈이 소복이 쌓여 있다. 동서양의 정
서가 확실히 다르긴 한가 보다. 우리나라라면 평화의 소녀상에 목도리를
둘러주고 모자를 씌웠듯이 이 흉상에도 뭔가 조치를 했을 것이다.

중세 오두막 박물관은 바라보는 것으로 대신했다. 박물관은 '갈리시아' 지방 전통 주거인 파요사였다. 파요사는 눈의 무게와 바람을 견뎌낼 수 있도록 호밀을 엮어 덮은 원추형 지붕 형태이다. 초가지붕에 익숙한 나는 파요사가 친근하게 느껴졌다. 스페인의 민속 건축물 중 가장 오래된 구조물이라는데 내 다리 상태가 폭설을 뚫고 방문할 만큼이 못 돼 아쉬웠다.

오늘 머무는 알베르게는 공립임에도 불구하고 난방을 안 해 썰렁했다. 특별한 성당과 독보적인 사제가 계셨던 지역인데 순례자에게 은혜를 베풀면 얼마나 좋았을까. 아쉬움을 마을 레스토랑의 따뜻한 내부에서 맛난 음식으로 달래지만 시린 마음만은 어쩌지 못했다.

겨울 왕국의 두 얼굴

걷기 28일 차 '오 세브레이로~트리아카스텔라' 22km 누적 거리 656.5km

"그곳을 빠져나가는 최선의 방법은 그곳을 뚫고 나가는 것이다."

- 로버트 프로스트

'오 세브레이로'는 날씨 변덕이 심하기로 소문난 곳이다. 일어나기 바쁘게 바깥 날씨부터 확인했다. 다행히 눈은 그쳤다. 그러나 어제 내린 눈으로 인해 발이 눈 속으로 푹푹 빠졌다. 보이진 않으나 질펀했던 땅이 그동안 얼고 녹기를 반복했는지 지면의 울퉁불퉁함도 느껴졌다. 쌓인 눈 때문에 땅의 상태를 제대로 알 수 없었다. 스틱을 사용하며 조심스레 걸었다. 발걸음을 옮기다 삐끗하면 전율이 온몸으로 전달돼 소름이 끼쳤다. 최대한 빨리 이곳을 벗어나야 한다.

포이오 고개를 지나며 산 로케 성인의 동상을 만났다. 바람을 뚫고 걸어가는 순례자의 모습을 한 동상은 밤새 내린 눈을 뒤집어쓰고 있었다. 그 모습이 목적지를 향해 나아가는 우리와 다름이 없다. 차도와 인접한 순례길은 밤새 눈에 덮였다. 어디가 길이고 어디가 숲인지 알 수 없어 순례자들은 녹아 있는 찻길 가를 걸었다. 짙은 안개가 시야를 방해했다. 차도 사람도 진행이 어렵기는 마찬가지였다. 서로 조심스럽게 천천히 앞으로 나아갔다.

　시인 나태주는 '풀꽃'은 자세히 보아야 예쁘고, 오래 보아야 사랑스럽다고 했다. 눈(雪)을 보는 나의 눈(目)이 그랬다. 맑고 깨끗한, 그 고결함은 자세히 보면 볼수록 눈이 부셔서 언제나 사랑스러웠다. 그러나 지금은 그런 감상에 빠질 겨를이 없다. 걷기에만 집중했다.

　설국(雪國)에서 빠져나와 비로소 안도했다. 제대로 걷기 힘든 내 다리에는 무릎까지 쌓이는 눈도, 울퉁불퉁 얼어 있는 눈길도 최악이었다. 오가며 발목 꺾인 것이 몇 번이었나, 엄청난 통증에 몸서리를 쳤다. '오 세브레이로'는 결코 잊을 수 없는 아름다운 눈의 왕국인 동시에 공포의 설국이었다.

　'트리아카스텔라'에 도착하니 눈이 언제 내렸냐는 듯이 날씨가 새침을 떨었다. 라푼젤 언니와 여유롭게 순례자 메뉴로 저녁 식사를 하고 나오다 전

부장과 김 대리를 만났다. 미래소년 코난이라 자신들을 칭하는 이들의 식사 자리에 다시 합류해 수다를 떨었다. 오랜만에 유유자적했다.

길에서 만나는 사람은 거개가 다른 색깔을 지녔다. 개성이 뚜렷해 접근하기 어려운 사람도 있다. 그러나 서로 얘기를 나누다 보면 통하는 한 지점을 발견하게 된다. 이럴 때는 신이 난다. 길 위에서 마음이 열렸거나 길이 터 준 혜안을 지닌 것처럼 말이 잘 통하니 말이다.

시인 나태주는 〈풀꽃 2〉에서 이름을 알면 이웃이, 색깔을 알면 친구가 그리고 모양까지 알고 나면 연인이 된다고 했다. 같은 맥락으로 본다면 우리는 이미 이웃은 넘어섰다. 그러나 만나자마자 말이 통해 한마음이 되는 사람은 드물 것이다. 우리 역시 그렇다. 서로를 알아가는 과정을 거치고 있다. 그런 만큼 인간관계가 무르익으려면 시간이 필요하다.

같은 길을 걸으며 소통하다 보면 서로의 마음이 드러난다. 부처의 눈에는 모두 부처로 보인다지만, 난 이때 비로소 내 퍼즐에 들어맞는 사람을 발견한 기쁨을 맛본다. 이렇게 만난 길동무와는 계산하지 않는다. 그렇기에 여러 날이 지난 후에 만나도 금방 헤어진 사람처럼 친근하다. 한 도화지에 서로 다른 색깔을 칠하며 친밀감의 농도를 올리기도, 또 다른 형태의 여행을 꿈꾸기도 한다. 이 모든 것은 서로에게 스며들었기에 가능하다.

지금까지 많은 날을 길 위에서 보냈고, 많은 일을 겪었으며, 여러 얘기를 듣고 나누었다. 다양한 사람의 행태를 보면서 '인간만사 새옹지마'를 떠올린 날도 있었다. 그렇기에 나는 알토란 같은 사람들과 어울리면서 사람 냄새 폴폴 날리며 살고 싶다. 그럴 수 있다면 정말 좋겠다.

'사리아'에서는 무엇을 할까?

걷기 29일 차 '트리아카스텔라~사리아' 25km 누적 거리 681.5km

"길을 걷다가 돌을 보면 약자는 그것을 걸림돌이라고 하고,
강자는 그것을 디딤돌이라고 한다."

- 토마스 칼라일

'사리아'부터는 더 활기차고 소란스러운 순례길을 만날 수 있다고 들었다. '산티아고'까지 100km밖에 남지 않아 이곳에서부터 시작하는 순례자가 많기 때문이란다.

순례길을 모두 걷고 나면 '산티아고'의 순례 사무소에서 완주 증명서를 받는다. 전 구간을 걸은 사람은 물론이고, 산티아고 직전까지의 거리 100km 이상을 걸었거나, 자전거로 200km 이상을 달렸을 경우에도 증명서를 받을 수 있다. 그러므로 800km 전 구간을 걷지 못하는 사람은 대부분 '사리아'에서 시작한다. 물론 증명서의 종류는 다른 것이다.

비 내리는 '사리아'에서 판초 우의를 덧입고 알베르게를 나와 약국을 찾아갔다. 발목 보호대와 소염 진통 효과가 있는 연고 형태의 파스를 새로 사기 위함이었다. 모든 도시에 약국이 있지 않아 약국이 있는 도시가 나오면 무조건 필요한 의약품을 구입해야 한다.

이 도시는 한국인 순례자의 방문이 많아서인지 한글로 된 안내 팸플릿이 준비되어 있었다. 내용이 친절해 이것을 길잡이로 달팽이처럼 느리게 도시 산책을 했다. 홀로 여유롭게 도시를 유람함은 오늘 다가온 행복의 다른 모습이었다.

아래의 글은 사리아의 한글 안내 팸플릿 내용 중 일부이다.

'사리아'에서 무엇을 할까?

'사리아'로의 도착은 프랑스길의 이정표 역할을 합니다. 마침내 계속되던 산을 지나 '갈리시아' 입구에 도달했음을, 그리고 산티아고 순례길의 마지막 100km 구간에 들어섰음을 의미하기 때문입니다. '사리아'는 그전부터 여정을 이어온 순례자에게는 환희의 단계이고, '산티아고 데 콤포스텔라'를 향한 여정을 여기서부터 시작한 순례자에게는 환상의 단계를 의미합니다. 순례길 전통상 순례 증명서를 받기 위해서는 도보 100km를 걸어야 하기 때문입니다.

이 작은 마을은 수평선의 들판으로 둘러싸여 있으며 산티아고 순례길을 계속 걷겠다는 약속을 담고 있습니다. '사리아'는 왜 여기까지 오게 되었는가에 대해 생각에 잠기게 하는 장소이자, 지금 걷고 있는 '갈리시아'에 대해 조금 더 알고 싶게 만드는 곳입니다.

1. 사도 산티아고의 유산으로 100% 채워진 도시
'사리아'는 '산티아고' 순례로 생겨난 도시라고 해도 과언이 아닙니다. 이 도시는 순례자를 위한 무료 숙박소를 지으라는 종교 명령으로 발전하게 되었습니다. 지금도 우리는 그 유산을 방문할 수 있습니다.

산 살바도르 성당(Iglesia de San Salvador): 이곳은 '사리아'와 산티아고 순례길 사이의 관계를 이해하는 데 최고의 건물이라 할 수 있을 것입니다. 이 건축물은 본 건물에 14세기경 근대적 특징을 더한 건축물로, 한 성당 안에서 로마네스크 양식과 고딕 양식이 구분되어 나타납니다. 빛나는 갈리시아 로마네스크의 흔적을 반원통 모양의 성당 후진과 북쪽 측면 회랑 입구에서 발견할 수 있습니다. 또한 축복을 내리는 예수 그리스도의 그림과 같은 상징적인 요소도 보실 수 있습니다. 과거 순례를 마치고 '산티아고'에서 돌아온 순례자들은 그들이 가진 순례 증명서를 보여주면 이곳에서 하룻밤을 묵을 수 있었습니다. 또한 고향으로 돌아가는 여정을 잘 마칠 수 있도록 8마라베디의 보상을 해주었습니다.

메르세다리오스 및 막달레나 수도원(Convento de los Mercedarios o de la Magdalena): 우리는 '사리아'의 역사적인 장소에서 여러분을 맞이합니다. 이 장소는 다음 여정을 준비하고 휴식하는 공간일 뿐만 아니라 수 세기 동안 축적된 순례자들의 경험이 담긴 공간입니다. 수도원은 13, 14세기에 건축되어 16세기 재건축을 거친 건물에 문을 열었습니다. 이곳 역시 '사리아'의 다른 건축 유산과 마찬가지로 다양한 예술 양식의 혼합을 발견할 수 있습니다. 16세기 플라테레스크 양식의 외관과 푸에르타 데 로스 카로스(Puerta de los Carros)라 불리는 고딕 양식의 회랑 그리고 바로크 양식의 종탑을 그 예시로 들 수 있습니다.

'사리아' 옛 요새의 성류 유적: '사리아'의 역사는 '갈리시아'의 중세 후기와 근대 초기의 작은 요약집이라 할 수 있습니다. 이 마을은 '갈리시아'의 농민, 하급 귀족이 '산티아고 데 콤포스텔라'의 성직자와 상급 귀족에 대항한 이르만디나 전투(la Grande Guerra Irmandina)가 발생한 곳입니다. 요새는 18세기 건설되었으나 한 세기 후 이르만디뇨 군대에 의해 파괴되었습니다. 비록 많은 요새가 반란군의 공격에 무너졌으나, '사리아'의 요새는 후에 재건축되었습니다. 남아 있는 성루의 높이는 14m이며, 성벽에 위치한 계단을 통해 그 안으로 들어갈 수 있습니다. 그 아래에는 레모스(Lemos)와 카스트로(Castro)의 옛 방패 장식이 남아 있습니다.

2. 몽상의 길, 아세아스 산책로(Paseo das Aceas)

'사리아'의 계곡 옆으로는 아름다운 산책로가 위치해 있습니다. 긴 순례길을 걷느라 피곤한 몸을 나무 그늘 아래서 쉬며 회복하는 데 있어 이보다 좋은 장소는 없을 것입니다. 산책길은 과르디아 시빌(la Guardia Civil) 근처에서 시작됩니다.

사리아강을 따라 난 이 아름다운 산책길은 지형의 경사가 거의 없이 평탄하고 잘 관리되어 있습니다. 하지만 시기에 따라, 젖은 낙엽으로 인한 미끄러짐 사고에 주의를 기울일 필요가 있습니다.

아름답지만 슬픈 '포르토마린'

걷기 30일 차 '사리아~포르토마린' 22.5km 누적 거리 704km

"고통이 남기고 간 뒤를 보라! 고난이 지나면 반드시 기쁨이 스며든다."

- 괴테

갈리시아주의 날씨는 계속 변덕을 부렸지만 주변 경관은 수려했다. 사방으로 눈을 돌리며 걷느라 지루할 틈이 없다. '포르토마린'까지 걷는 길도 그랬다. 스페인의 제주였다. 셀레이오강을 건넌 이후 만난 풍광은 오름에서 바라보던 제주였고, 사려니 숲길과 곶자왈, 비자림이 그대로 옮겨져 있었다. 이끼 낀 돌담은 또 어떠했던가. 너른 들판에 말 대신 소가 있었던 것으로 다름을 얘기한다면 모순이다.

아름답고 평화스러운 길이 이어졌다. 하늘은 푸르고 내 정신은 맑은 하늘에서 마음껏 뛰놀았다. 제주의 올레길을 걸으며 느꼈던 감성이 그대로 살아났다. 나를 모두 꺼내 놓아야 할 것 같은 투명함, 감춰질 것 같지 않은 속마음을 고스란히 들여다보며 걷는 길. 이 길이 내게 주고 싶은 메시지는 무엇일까?

행복했다. 오랜만에 만난 햇살은 부드럽고 달콤했으며 함께 걷는 길동무는 다정했다. 목적지까지 남은 거리를 알려주는 이정표를 만났다. 기념이지 싶어 사진으로 한 장 찍어 쟁였다. 이정표에 채워진 흔적이 고달픈 순례자의 애환을 뿜어냈다.

외딴곳에 위치한 손바닥만 한 성당을 지나 정처 없이 걷다 만난 '포르토마린'은 오늘 머물 곳이다. 아름답지만 슬픈 과거를 갖고 있는 이 마을은 댐 건설을 위해 1960년대에 마을을 수몰시켰다. 원주민은 마을이 물에 잠긴 후 언덕 위에 조성된 새 마을로 이주했다. 하지만 슬픈 기억 속의 삶터까지 옮겨진 것은 아니었다. 높디높은 다리 위에서 강물을 내려다보니 강가의 돌계단이 물속을 향해 내려가고 있었다. 아니, 물속에서 올라오는 것인지도 모르겠다. 물에 잠긴 계단은 옛 마을의 흔적이 분명하건만 말이 없다. 새로 조성된 마을로 진입하는 새 계단만이 물밑에 가라앉은 계단과 연결된 듯 끝없이 올라갔다. '포르토마린' 주민의 삶이 아픈 역사와 함께 끊어지지 않은 채 이렇게 이어지고 있었다.

수몰된 마을이 안고 있는 공통점은 애잔함이다. 산 니콜라스 성당은 마을이 수몰될 때 벽돌 하나하나마다 번호를 적어 옮겨와 새 마을에서 순서대로 다시 짜 맞췄다. 그렇기 때문에 지금도 성당 외벽 곳곳에는 숫자가 그대로 남아 있어 그 앞에 서면 숙연하다. 산 페드로 성당은 옛 마을에 있던 성당에서 파사드만 옮기고 나머지는 새로 지은 것이다.

고요한 희열, 산티아고 순례길

낯선 곳에서 보고 듣는 온갖 것들은 내 기억 속의 아련함과 연결되었다. 그래서일까, 스페인의 수몰 마을을 보며 우리나라의 수몰 마을을 생각했다. 소양강댐이 생길 때 물에 잠긴 춘천시 북산면, 춘천댐이 만들어지며 사라진 춘천시 사북면 그리고 횡성댐이 건설되며 물밑으로 가라앉은 횡성군의 다섯 마을이 그것들이다.

물에 잠긴 북산면을 배경으로 소설가 윤대녕은『소는 여관으로 들어간다 가끔』을 썼고, 사북면이 사라질 때 작가 전상국은『아베의 가족』을 집필하며 사라진 마을에 대한 기억을 저장했다. 횡성군은 또 어떠했던가. 옛 마을에 대한 애환을 호수 길이란 이름으로 만든 길 위에 스토리텔링으로 입혀 놓았다.

국내의 세 마을을 모두 걸어본 나는 이 길과 그 길의 다름을 말할 수 없다. 그림 같은 풍경과 잔잔한 수면에 투영되는 인간의 삶이 동양과 서양이라고 다를 수 없음이며 느끼는 감정 또한 같기 때문이다.

상념에 사로잡힌 채 미뇨강에 새로 놓인 높다란 다리를 건너 길동무들과 저녁을 먹으러 갔다. 슬픈 역사의 미뇨강 가에서 먹는 민물고기 정식은 '그래도 산 사람은 살아간다.'를 각인시켰다. 옛터에 대한 애잔함과 그리움을 평생 안고 살아가는 사람들. 이들의 기억은 간직해야 할 우리의 정신적 문화유산이며 삶의 흔적임에 틀림이 없다.

토끼라고 주장하며 거북이처럼 걸었다. 지금의 내 발목 상태로는 최선의 걸음이다. 스틱과 발목 보호대가 큰 힘이 되었다. 카미노길 위에 담긴 세상살이의 애환에 내 걸음과 숨결이 응답한다.

천천히 그러나 멈추지 말고 꾸준하게. 부엔 카미노!

내 발목에는 골칫덩이가 산다

걷기 31일 차 '포르토마린~팔라스 데 레이' 25.5km 누적 거리 729.5km

"멈추지만 않는다면 얼마나 천천히 가는가는 문제가 되지 않는다."

- 공자

발목이 성치 않아 다른 이들보다 조금 일찍 길을 나섰다. 무심코 돌아보니 해님이 기지개를 켜고 있다. 핏빛 동백꽃의 열정을 보는 듯 가슴이 울렁였다. 순례길 위에서 만나는 해돋이는 항상 변화무쌍하다. 불타던 그것이 사그라질 때까지 변모하는 하늘의 색감이 신비롭다.

얼마를 걸었나, 발목의 느낌이 심상치 않다. 불안감을 감추려고 심호흡을 했지만 도움이 안 됐다. 마음이 심하게 요동쳤다. 안 되겠다 싶어 '팔라스 데 레이'가 7km 정도 남은 지점에서 걷기를 멈추었다. 바의 외부 의자에 앉기 무섭게 보호대를 벗겼다. 손아귀에 힘이 들어가도 잘 벗겨지지 않는 걸 보니 발목이 많이 부은 것 같다.

내 발목에는 골칫덩이가 산다. 어르고 달래는 것으로 만족하지 않는 까칠한 녀석이다. 어떻게 하면 내 편으로 만들 수 있을까 궁리궁리하지만 영 말을 듣지 않는다. 꽉 막힌 고집불통이 세상살이의 어려움과 통해 있다. 시원한 바람을 쐬며 골칫덩이를 어루만져 주었다. 걷기를 마칠 때까지 나는 이 녀석과 잘 지내야 한다.

'팔라스 데 레이'에 도착하는 순례자들은 대부분 긴장을 풀고 시간을 즐긴다. 목적지가 80km도 안 되게 남았기에 '산티아고' 도착 직전의 여유를 만끽하는 것이다. 나도 그들처럼 그렇게 하고 싶다는 바람으로 골칫덩이를 달래 놓고 다시 일어섰다. 개울을 끼고 걷는 사람은 나뿐이다. 평소라면 개울가를 걷는 낭만을 만끽했을 텐데 지금은 그럴 기분이 아니다. 날씨의 변화가 극명하다. 비가 추적이며 내리더니 길의 질퍽함까지 더해져 이유 없이 감정에 기복이 생겼다. 마음이 가라앉으니 깊이를 모를 우울감이 스멀거렸고 나는 자연스레 그 속으로 빠져들었다.

아주 조그만 성당을 지나면서 예전에는 그곳이 순례자를 치료하던 병원이었다는 얘기를 들었다. 작은 성당은 문이 잠긴 채 문고리를 흔들어도 반응이 없었다. 한적한 길가의 소박한 성당들은 대부분 문을 잠근 채 지내다가 주일에만 개방하는가 보다. 지친 순례자에게는 이렇게 외진 곳의 작은 성당이 깊은 산속에 있는 옹달샘 같을 텐데. 야고보가 걸었던 길 위에서 굳게 잠긴 성당을 지나자니 마음이 복잡했다. 순례자에게 개방해서 기도의 시간을 갖게 할 수는 없을까? 이 길을 걷는 모든 이들이 쉬었다 가도록 의자를 내주면 안 될까? 그러나 다른 한편으로는 관리적인 측면에서 쉽지 않을 거란 생각이 들기도 했다. 모든 사람의 마음이나 생각이 똑같을 수 없을 테니 말이다.

기진맥진했다. 비까지 내리니 곤혹스럽기도 했다. 알베르게에 도착했을 땐 안도의 한숨이 나왔다. 내 다리가 내 것이 아닌 듯 왼쪽 발목이 심하게 아팠다. 그래도 무사히 '팔라스 데 레이'까지 왔으니 다행이다. 길에 관심이 없는 사람이라면 나를 이해하지 못할 것이다. '다음에 와서 다시 걸으면 될 텐데 뭘 그렇게까지 하는 거야?'라고 할지도 모르겠다. 실제로 내 이웃 중에 이런 내용으로 메시지를 보낸 사람이 있기도 하다. 그러나 나는 절대 포기하지 않을 것이다. 나중에 다시 와 걸으라고? 며느리, 아내, 엄마인 초로의 여자가 얼마나 큰 용기를 내고 떠난 길인데 이걸 중도에 포기하라고? 그건 나를 제대로 모르고 하는 말이다. 나는 열악한 상황에서 더 강해지는 사람이다. 그러니 이 길 걷기의 마무리까지 나답게 할 것이다. 나는 '하람' 이니까.

하람은 마음고생으로 힘들어하던 젊은 시절에 스스로 만든 나의 닉네임 이다. '하늘이 내린 사람'을 내 마음대로 줄여놓고 고뇌할 일이 생기면 스스 로 자기 암시를 하며 이겨냈다. 그렇게 지나온 세월이 얼마인데 끝이 보이 는 길 위에서 포기하겠는가. 아름다운 마무리로 내 삶의 한 페이지를 잘 넘 길 것이다.

배정받은 도미토리 침상의 1층에 짐을 놓기 바쁘게 연고 형태의 소염 진 통제로 발목을 마사지했다. 나와 눈이 마주친 김 대리가 자신이 해 주겠다 며 다가왔다. 남자의 손아귀 힘은 실로 엄청났다. 통증이 고통스러워 숨이 쉬어지지 않았다. 그러나 눈물을 질질 흘리면서도 이를 악물고 참았다. 챙 김이 고맙기도 했거니와 다시 부어오른 발목을 다스려 놓아야 내일 걷는

데 지장이 없기 때문이다.

　내일은 오늘보다 더 긴 거리를 걷는다. 목적지가 얼마 안 남았으니 골칫덩이가 더 큰 심술을 부리지 않기만을 바란다.

나의 수호자 라푼젤 언니와 제니퍼

걷기 32일 차 '팔라스 데 레이~아르수아' 30km 누적 거리 759.5km

"손해를 본 일은 모래 위에 기록하고, 은혜를 입은 일은 대리석 위에 기록하라."

- 벤저민 프랭클린

오늘은 좀 길게 걸어야 하는데 발목 컨디션이 어제보다 나쁘다. 한 치 앞도 보이지 않는 어둠을 헤드 랜턴 불빛으로 벗겨내며 첫발을 내딛는 순간, 으윽! 소름 끼치도록 강렬한 신호가 번개보다 빠르게 뇌리에 꽂혔다. 머리칼이 곤두섰다. 정신도 퍼뜩 들었다. 스틱을 의지해 오른발에 힘을 실으며 조심조심 걸었다.

내가 걷는 가까이에는 늘 라푼젤 언니가 있다. 깔끔하고 예쁜, 그러나 얼굴보다 마음이 훨씬 넓고 깊은 이 언니는 그림자처럼 내 옆에서 함께 움직였다. 무지외반증이 심해 발가락 열 개를 모두 새벽마다 테이핑을 하지만 누구에게도 힘들다는 내색을 하지 않는 사람이다. 거기에 더해 젊은이 못지않은 열정과 정신력의 소유자이기도 하다. 언제부턴가 라푼젤 언니는 수호자처럼 나를 살폈다. 아무리 빨리 걸어도 잰걸음일 수밖에 없는 내 걸음에 보조를 맞추었고, 아파하면 걷던 길가에 그대로 앉아 쉬게 했다. 이런 사람을 길동무로 두었으니 내게는 여간한 복이 아니다. 직접적인 표현은 못 했으나 정말 고마운 사람이다.

철들면서 시작한 나의 사회생활은 지금까지 평생 이어졌다. 사회에서의 호칭은 언제나 공적 직급에 따른 것이었고 애매하면 선생님이었다. 그렇기에 이 길에서도 한국 사람을 만나면 누구에게나 쌤이라 불렀다. 그런 내가 언니라 부르는 유일한 사람이 라푼젤 언니이다.

애니메이션 속 라푼젤과 나의 언니 라푼젤의 공통점은 풍성하고 긴 머리카락을 갖고 있다는 것이다. 동화 속 라푼젤은 마법의 꽃 영향을 받은 긴 금발이나, 라푼젤 언니는 손질이 잘돼 아름다운 긴 머리카락이다. 내 눈에는 언니가 손으로 머리카락을 쓱쓱 빗어 올려 깔끔한 올림머리를 만드는 것이 여간 신기하지 않다. 한 번도 긴 머리를 해 본 적이 없는 내게는 마법을 부리는 것만 같다.

라푼젤 언니와 함께 숲길을 지나는 중이었다. 한 여성이 맞은편에서 나타났는데 세상에나! 제니퍼였다. 스페인에 살면서 이 길이 좋아 늘 길 위에 머무는 사람, 내 아픈 다리를 항상 마음 써주던 사람이 그녀였다. 우리가 오늘 이곳을 지날 것 같아 숲에서 기다리고 있었단다. 그녀는 담담하게 다가왔지만 내게는 기적 같은 일로 여겨졌다. 반가움에 울음이 터졌다. 제니퍼를 다시 만나니 만감이 교차했다. 나는 순례길에서 협찬 인생을 살고 있다고 농담처럼 말했지만 정말이었다. 여러 사람의 도움으로 하루하루를 버텼다. 특히 제니퍼의 도움은 현실이었다. 언어 소통이 안 되는 나와 함께 약국과 병원을 동행했고, 얼음찜질을 할 수 있도록 얼음을 구해다 주곤 했다. 그랬던 그녀가 집으로 돌아갈 때 눈물로 헤어졌는데 다시 만났으니 어찌 반갑지 않겠는가!

마음이 즐거우니 아픈 다리가 좋아진 것 같은 기분이 들었다. 웃음도 헤

퍼졌다. 이틀 후에는 이 길의 종착지인 '산티아고'를 밟을 것이다. 그때까지 잘 걸을 것 같은 이 기분은 '제니퍼 효과'이다.

오늘의 목적지 '아르수아'를 향해 셋이 걸었다. 내가 그녀들과 걸음 보폭을 맞추며 걸을 수 있다는 게 마냥 기뻤다. 마음이 가벼우니 발걸음도 가볍다. 평화로운 숲속을 걸을 때도, 아름다운 냇가를 지날 때도 웃음이 하늘로 올라갔다. 행복한 마음은 이들과 들렀던 작고 소박한 마을 '푸렐로스'에 있는 성당이 문만 열었더라면 아마 최고치에 다다랐을 것이다.

'푸렐로스'를 지날 때 제니퍼가 말했다. 이 마을의 푸렐로스 산 쥬앙 성당에는 세상에 두 개밖에 없는 멜리데 십자가가 있다고. 한 손만 십자가에 못 박힌 예수님께서 지친 순례자에게 도움의 손길을 내미는 모습이라고 말이다. 이 귀한 십자가를 어찌 안 보고 지나치겠는가. 성당을 찾아가는 길에서 멜리데 십자가에 대한 얘기를 들었다.

오래전에 십자가 아래에서 한 신자가 진심으로 뉘우친 뒤 고해소에 들어가 자신의 모든 죄를 신부님께 눈물로 고백했단다. 그러자 사제는 사죄경을 들려주며 다시는 죄를 짓지 말라고 당부했다. 그 후 그는 열심히 살았다. 죄를 짓지 않으려 했고, 주님께서 원하시는 모습으로 살기 위해 노력했다. 그러나 그런 노력에도 불구하고 이 신자는 매번 같은 죄를 지었고, 사제는 하느님의 이름으로 용서하기를 반복했다. 그러던 어느 날 사제는 또 같은 죄를 고하는 신자의 뉘우침에서 진정성이 의심되어 용서를 거부하기에 이르렀다. 그러자 십자가에 달리신 예수님께서 당신의 오른손을 못에서 빼내 그 신자에게 십자가를 그어주면서 사제에게 말씀하셨단다.
"그를 위해 피를 흘린 것은 그대가 아니다."

멜리데 십자가는 이 마을 출신의 조각가 마누엘 카이데의 작품이란다. 지친 순례자에게 도움의 손길을 내미는 모습이라는데 아무리 서성거려도 성당 안으로 안내해 줄 누군가를 만날 수 없었다. 몹시 아쉬웠다. 작은 마을이니 성당에 관리자가 없는 거라고 스스로 위로했지만 전혀 위로되지 않았다. 때를 같이 해, 맑던 하늘이 갑자기 흐려지며 비를 뿌렸다. 아쉬워하는 내 마음이 하늘에 닿았나 보다.

이웃넛의 '나도 걷고 싶다.'

걷기 33일 차 '아르수아~페드로우소' 20km 누적 거리 779.5km

"행복해서 웃는 것이 아니라, 웃어서 행복한 것이다."

- 윌리엄 제임스

어제 제니퍼가 '아르수아'에는 특별한 세요를 찍어주는 사람이 있다고 했다. '페드로우소'로 출발할 때 잊지 말고 바에 들러 낙인 세요를 찍고 가라고 위치도 가르쳐 주었다. 그러나 난 남들과 달리 특별한 발목을 갖고 있지 않는가. 빨리 걷지 못하는 내가 낙인 세요를 찍겠다고 시간을 지체할 수는 없었다. 세요를 찍기 위해 이 길에 선 것이 아니기에 망설일 까닭도 없었다. 여느 때처럼 동트기 직전인 7시를 확인하며 알베르게를 나섰다.

거북이처럼 걸으며 남들과 똑같길 바랄 수는 없다. 남들보다 한 걸음 더 빨리 출발해도 언제나 그들보다 두 걸음 늦게 목적지에 도착했으니 말이다.

중간 마을 '살세다'에 도착했을 때 제니퍼를 다시 만났다. 처음 보는 남성과 함께 나를 기다리고 있었다. 낯선 이는 루마니아 사람 '이우넛'이라 했다.

그들이 아픈 다리로 걷는 나를 응원하겠다며 '아르수아'에서 '살세다'까지 건너온 것이다. 특별한 낙인 세요를 찍어준다는 사람은 바로 이 사람, 이우넛이었다. 속울음의 끝을 잡고 걷던 내가 무장 해제되었다. 눈물이 주체할 수 없을 정도로 흘러 꺽꺽거리며 엄청 울었다.

천주교 신자가 아닌 나에게 세요는 흥미의 대상일 뿐이었다. 그래서 다른 사람이 크레덴시알을 두세 장 구입할 때도 초연했다. 나는 그저 카미노 길의 완주를 증명할 한 장의 크레덴시알만 있으면 충분했다. 진실로 나를 위한, 남에게 보이기 위한 걸음이 아니었기에 야고보의 순례길 위에서 법

정 스님 법문을 읽으며 시간을 보내기 일쑤였고, 중간에 점프를 하며 즐길 수 있었던 것도 모두 이런 까닭에 기인한 것이었다. 그러나 크기가 보이지 않는 이우넛의 마음과 깊이를 알 수 없는 제니퍼의 배려가 몰고 온 울림으로 마음이 아렸다.

"나도 걷고 싶어. 그런데 걸을 수가 없어. 넌 다리가 모두 있으니 걷는 데 문제가 없잖아. 꼭 완주하기를 바랄게."

이우넛이 바짓가랑이를 걷어 올려 자신의 다리를 보여주었다. 깜짝 놀랐다. 그는 의족을 사용하는 사람이었다. 걷고 싶으나 걸을 수 없는 길이기에 바를 운영한다고 했다. 순례자에게 어디서도 보지 못한 음각의 낙인 세요를 찍어주며 그들과 이야기를 나누는 것으로 행복을 느낀다고도 했다. 그런 사람이 자신의 생업을 접은 채 나를 응원하기 위해 자동차로 도시 간 이동을 하다니. 눈동자가 새빨개지도록 뜨거운 눈물이 대책 없이 쏟아졌다. 지금까지의 내 삶에서 이보다 더 큰 울림을 받은 적이 있었던가!

프랑스의 정신과 의사이며 심리학자인 프랑수와 를로르의 실화 소설 『꾸뻬 씨의 행복여행』이 떠올랐다. 책 속 주인공인 꾸뻬 씨는 정신과 의사이다. 그의 진료실에는 많은 것을 갖고 있으나 스스로 불행하다고 생각하는 사람으로 늘 넘쳐났다. 꾸뻬 씨도 어느 날 자신 역시 행복하지 않음을 깨달았다. 그래서 진정한 행복이 무엇인지 알고 싶어 세계 여행을 떠났다. 그는 여행 중에 많은 사람을 만났으며 깨닫는 무언가가 있을 때마다 수첩에 기록을 했다. 그 과정에서 알게 된 가장 큰 행복의 비밀은 '지금 이 순간의 행복'이었다.

진정한 행복은 먼 훗날에 이룰 목표가 아니라 지금 이 순간 존재하는 것이다.

이우넛도 신체의 한계를 극복하고 지금의 행복을 만끽하는 사람이었다. 직접 걷지를 못하니 순례자들과 소통하며 대리 만족하는 삶. 그는 그것으로 충분하다고 했다. 장애가 생기기 전의 세월을 아쉬워하거나 오지 않은 시간에 연연하지 않고 지금 이 자리에서 친절을 베풀 수 있음에 진정 행복해했다.

인간이라서 느끼는 고마움에 마음이 따뜻해졌다. 인생의 가을 어느 날 스페인의 한적한 길 위에서 맞닥뜨린 가슴 떨림! 이것이 갖고 올 미래의 행복은 누구도 예측할 수 없다. 나 역시 마찬가지이다.

최종 목적지가 얼마 남지 않은 '아르수아' 주변은 온통 초원 지대로 목가적인 풍경이 이어졌다. 소와 양이 노닐며 한가로이 풀을 뜯는 길을 걷는데 행복이 넘실댔다. 그러나 이곳의 날씨는 예측을 못 하겠다. 걸을 만하면 비가 쏟아졌고, 흐렸다고 툴툴거리면 맑아졌다. 조금 전에도 맑았던 하늘에서 한 차례 비를 뿌렸다. 그런데 이게 무슨 조화인가. 질퍽이는 길을 걷는

데 갑자기 가슴이 벅차올랐다. 이우넛과 헤어진 직후였다. 하늘에 쌍무지개가 선명하게 떴다. 카미노길 위에서 자주 비를 만났으나 무지개는 처음이었다. 먹먹했던 가슴이 감동으로 급변했다. 이런 풍경이 별빛 들판 '산티아고'까지 이어진다면 누구나 행복에 빠질 것만 같다.

"나도 걷고 싶다."라는 이우넛의 말은 산티아고 순례길에서 잊을 수 없는 큰 선물이 되었다.

산티아고 대성당에서 세상의 끝으로

걷기 34일 차 '페드로우소~산티아고 데 콤포스텔라' 20.5km 누적 거리 800km

"그림자를 두려워 말라.
그림자란 빛이 어딘가 가까운 곳에서 비치고 있음을 뜻하는 것이다."

- 루스 E. 렌컬

'예루살렘', '로마'와 함께 가톨릭 3대 성지로 이름이 나 있는 산티아고 대성당을 마주 보고 섰다. 이 성당은 '갈리시아'의 화강석으로 지어졌다. 종탑은 높아서 우러러보듯이 고개를 빼 들고 올려보아야 하고, 성당 건물 중앙의 다이아몬드 형태의 계단은 묵직하니 우람해 당당하기까지 하다. 감회가 새롭다. 우여곡절을 겪으며 대성당이 완공되었듯이 산전수전 겪으며 걸은 후 대성당을 마주 보고 서 있는 내가 자랑스럽다.

완주증을 발급받기 위해 순례자 사무소를 방문했다. 2유로의 기부금을 내고 순례 증서를 발급받고, 다시 3유로의 기부금을 낸 후 도보 순례 거리가 적힌 완주 증서까지 받았다. 한 손에는 크레덴시알을, 다른 한 손에는 완주증을 들고 기념사진을 찍는데 만감이 교차했다.

홀가분한 마음으로 세상의 끝이라는 작은 어촌으로 향했다. 버스로 이동하는 이곳은 땅의 시작인 동시에 끝이며, 유럽 대륙의 끝이자 세상의 끝으로 알려진 '묵시아'와 '피니스테레'이다. 중세 유럽인들은 대서양을 죽음의 바다라고 불렀다는데, 나는 지금 사람답게 더 잘 살기 위해서 그곳으로 가고 있다.

영화 〈The Way〉는 엔딩 장면이 무척 감동적인데, 그 영화의 엔딩 장면에 나오는 바닷가 마을이 바로 '묵시아'이다. 성 야고보가 포교에 어려움을 겪자 성모 마리아가 돌로 된 배를 타고 나타나 야고보를 응원했다는 이야기가 전해지는 곳이다. 둘러보니 정말 배처럼 보이는 커다란 자연석이 뭍으로 튀어 오른 듯한 형상으로 바닷가에 서 있다. 바르카 성모의 성당은 돌로 만든 배를 바라보며 침묵을 지켰다. 이곳에는 세 개의 의미 있는 돌이 있다. 카드리스, 아발라, 라 에리다가 그것이다.

성당 앞 두 개의 바위 중에서 더 큰 바위인 카드리스는 그 밑으로 사람이 지나가면 액운이 사라진다는 속설이 있다.

아발라는 납작하고 둥근 돌이 더 큰 돌에 붙은 것처럼 생긴 해안 흔들바위이다. 밀었을 때 움직임이 있으면 죄가 없어지는 것으로 알려졌는데, 파도로 돌이 깨진 2014년 이후 흔들리지 않는다고 한다.

라 에리다는 인공적으로 세워졌다. 10m가량 되는 두 개의 큰 돌이 서로 마주 보는 형상이다. 2002년에 이곳에서 유조선이 두 토막 나는 큰 사고가 있었단다. 수년에 걸쳐 어려움을 잘 극복한 후, 다시 되풀이하지 말자는 의미로 세워 놓은 유류 피해 극복 기념비이다.

'묵시아'의 바닷가는 파도 소리에서 적막이 묻어났다. 쓸쓸했다. 바람은 시간이 지나도 잦아들 기미가 없고, 내 작은 몸은 갈대처럼 휘청거렸다. 이 풍진 세상에 대한 염려가 묻어났다.

'피니스테레'는 동적인 바닷가 마을이었다. 해안에 부서지는 파도부터 기념품 가게의 음악 소리까지 모두 크고 산만했다. 그래서인지 절벽 아래의 대서양을 죽음의 해안이라 부른다는 것마저 섬뜩하게 느껴졌다. 지금까지 이 지역에서 많았던 해상 사고와 예측할 수 없는 해류, 바람, 안개, 폭풍 때문에 생긴 이름이란다. 이곳은 '묵시아'의 분위기와 판이했다. 옷깃을 단단히 여미고 이리저리 둘러보다 기념비 하나를 발견했다. 인류 최고의 지성인 중 한 명이었던 천재 물리학자 스티븐 호킹이 다녀간 것을 기념하는 흔적이었다.

"나는 때 이른 죽음이 찾아올 가능성과 함께 살았지만 죽음을 두려워하지 않았고 죽기를 서두르지도 않는다. 나는 그전에 하고 싶은 것이 너무나 많다."라고 했던 그는 사후세계를 믿지 않은 사람이다. 그런 사람이 왜 죽음의 해안에 접해 있는 어수선한 이곳을 찾았을까?

'피니스테레'의 바닷가로 좀 더 가까이 다가가면 순례자 고행에 경의를 표하는 의미의 신발 청동상이 있다. 왼쪽 한 짝뿐이다. 슬며시 다가가 내 오른쪽 신발을 벗어 완성된 한 켤레를 만들고 바라보았다. 내가 세상의 끝을 밟고 서 있다는 것에 강한 자부심이 느껴졌다. 예전에는 이곳까지 온 순례자들이 자신이 신었던 신발이나 지녔던 소지품을 태우는 의식을 치렀다고 한다. 그러나 지금은 불법으로 규정해 놓아 할 수 없는 의식이 되었다.

세상의 끝이라 부르는 두 지역엔 공통적으로 0.000km 표식이 있다. 두 팔을 벌려 대서양의 바람을 맞았다. 세상이 고맙다. 내 안의 나를 만나고 싶다는 소망으로 길을 나섰으나, 예상하지 못했던 골칫덩이를 만나 아직도 걷는 게 힘들다. 왼쪽 발목의 통증도 여전하다. 그러나 미래의 내 모습일 수도 있는 별별 사람을 다 보며 많은 시간 '인간답게'를 생각했다.

나는 '된 사람'이길 희망하고, '든 사람'이길 원하지만, 결코 '난 사람'이길 바라지는 않는다. 앞으로도 그렇다. 된 사람으로 살아가고 싶다. 좋은 이웃과 어울리며 웃고 싶고, 제니퍼와 이우넛처럼 마음 따뜻한 사람이고 싶다. 그런 사람으로 나이 들고 싶다.

에필로그

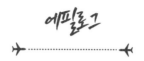

 희열에 가득 차 통통 튀는 마음으로 귀국 비행기 트랩을 올랐다. '마드리드'가 작아지고 '산티아고'를 품은 스페인이 멀어지자 비로소 실감이 났다. 본래의 내 자리로 돌아가고 있다는 것이.

 트랩을 오를 때 낯선 외국인이 환하게 웃으며 말을 걸었다. 그녀의 손가락은 내 배낭 측면에 붙인 산티아고 순례길 엠블럼을 가리키고 있었다. 나도 마주 보고 웃으며 어깨를 으쓱거렸다.

 성취감에 물든 마음이 비행기의 이륙과 동시에 하늘을 날고 있다. 눈 아래 펼쳐진 몽실몽실 피어오르는 구름처럼 환희가 차올랐다. 뿌듯하다. 40일간의 일탈에 종지부를 찍고 나니 벅차오르는 기분을 주체할 수 없다. 아무나 붙잡고 주저리주저리 떠들고 싶은 이 마음은 진심이다.

나를 돌아보았다. 내 연배의 사람은 알 것이다. 기억력이 떨어지고, 체력이 예전만 못하고, 자존감은 땅을 뚫고 들어가는 것 같은 기분을.

은둔 수도자 페라요가 별빛을 따라간 그 들판을 걸었다. 더 넓은 세상을 보고 싶었다. 향기로운 사람도 만나고 싶었다.

길은 생명이다. 걷다 보면 치유의 힘이 느껴진다. 앞으로도 나이 의식하지 않고 길 위에서 더 넓은 세상을 만날 것이다. 나는 아직도 아프면서 크는 나무이기 때문이다.

귀국하기 바쁘게 마중 나온 남편과 병원으로 바로 갔다. 정형외과 의사는 내 발목이 '피로 골절'이라며 어이없다는 듯이 웃었다. 스페인 의사가 염증이라 했다 하니 또 웃었다. 골절의 정도가 심해 통깁스를 해야 한다고 했다.

통증으로 잠 못 이루던 이유가, 잘 걷지 못했던 원인이 명확히 밝혀졌다. 선명하고 굵게 금이 그어진 왼쪽 발목을 보며 할 말을 잊었다. 골절 초기의 실금은 보이지 않는 경우가 대부분이란다. 미련스러움이 하늘을 뚫고 부처님 손바닥도 빠져나갔다. 그러나 돌아와서 알게 돼 다행이다. 『칭찬은 고래도 춤추게 한다』는 것처럼 '뼈는 괜찮다.'는 현지 의사의 말 한마디가 나를 걷게 했으니 말이다.

느긋하게 새로운 내 세상을 만나련다. 예순이 넘으니 하고 싶은 것과 할 수 있는 것이 많아졌다. 노년을 향해 빠르게 가는 시간을 앞에 두고 어쩔 줄 몰라 하는 미래가 아니길 바란다.

길 위에서 바라본 세상은 환희로웠다. 조금 틀려도 괜찮다고 말해주는 것 같기도 했다. 세월 앞에서 행복했으면 좋겠다.

진화하는 삶, 이것은 나에게 희망을 노래하게 한다. 앞으로 펼쳐질 나의 인생 2막을 기대한다.

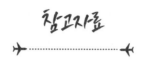

참고자료

도서

1. 길정현, 『미술과 건축으로 걷다, 스페인』, J&JJ.

2. 장 이브 그레그아르, 『부엔 까미노-산티아고로 가는 아홉 갈래 길』, 소등.

3. 존 브리얼리, 『산티아고 가이드북』, 넥서스북스.

4. 파울로 코엘료, 『순례자』, 문학동네.

5. 최경화, 『스페인 미술관 산책』, 시공아트.

6. 김희곤, 『스페인은 순례길이다』, 오브제.

7. 웬디 베게트, 『웬디 수녀의 유럽 미술 산책』, 예담.

8. 권이선, 『위대한 서양 미술사』, 생각뿔.

9. 강혜원, 『이지 스페인, 포르투갈』, 피그마리온.

10. 자크 르 고프, 『중세에 살기』, 동문선.

11. 어니스트 헤밍웨이, 『태양은 다시 떠오른다』, 민음사.

홈페이지

대한민국 산티아고 순례자 협회(http://caminocorea.org/)

영화

1. <The Way>

2. <나의 산티아고>

안내 팸플릿

'사리아'에서는 무엇을 할까?